疯狂科学俱乐部

　　七个聪明狡黠、脑瓜儿里全是疯狂点子的捣蛋鬼，一个可以大声臭屁、激荡各种创意的秘密基地，一间设有神秘机关的实验室，一堆人家不要的材料……

　　层出不穷、异想天开的恶作剧，始料未及、刺激精彩的大冒险，原本宁静的小镇被这几个顽皮小子搞得天翻地覆、鸡飞狗跳……

莫泰蒙·达伦坡

电机天才。最爱戴一顶帽檐上翻的圆盘帽。聪明、冷静，很少大惊小怪；常喜欢挖苦人，也常没头没脑地说出让人发笑的话。

丁奇·卜瑞

俱乐部中个子最瘦小的。虽貌不惊人，却是所向无敌的钻洞高手；爬竿速度超快，还超会使用刀子来解决各种问题。少了他，俱乐部很多任务还真无法完成呢！

荷马·斯诺格

无线电火腿族。是俱乐部中唯一头发有型服帖的男生。老爸开五金行。他一天到晚偷店里的材料给俱乐部用，五金行的楼上也因此成为俱乐部的实验室。

费迪·摩顿

超级贪吃鬼。和亨利一样,都热爱思考,但思考的内容多半是食物。正值青春变声期,低吼声超恐怖,曾假装怪兽和恶鬼的凄厉叫声,漂亮地完成了俱乐部的任务。

杰夫·克罗克

俱乐部主席,喜欢戴棒球帽。据说他能当上主席,是因为俱乐部的基地,其实就是他老爸的仓库。不过他的确很有领导天分,能规划和指挥整个俱乐部的行动。

查理·芬考迪克

书中的第一人称叙述者。话似乎不多,多半是有疑虑的时候才会开口问。很会赖床,最怕的事情是,妈妈拿着长柄刷把他刷起床。

亨利·摩里根

俱乐部的灵魂人物,唯一戴眼镜的男生,也是副主席。是个热爱思考,满脑怪点子的鬼才。招牌动作是手摸着下巴,眼睛往天花板看,俱乐部碰到的任何疑难杂症,只要经过他这么一想,保证迎刃而解,万事 OK 啦!

疯狂科学俱乐部

炸弹大开花

[美] 伯特兰·布林利 著　王心莹 译
[美] 查尔斯·吉尔 插图

THE MAD
SCIENTISTS' CLUB

广西师范大学出版社
·桂林·

The Big Kerplop!: the original adventure of the Mad Scientists' Club by Bertrand R. Brinley, il-
lustrated by Charles Geer

Copyright © 1974 by Bertrand R. Brinley.

Copyright © renewed 2002 by Richard Sheridan Brinley.

Introduction copyright © 2003 by Sheridan Brinley

Republished by arrangement with Purple House Press, www.PurpleHousePress.com.

Chinese Translation Copyright © 2004 by Yuan-Liou Publishing Co., Ltd.

All rights reserved.

本书由远流集团控股有限公司授权,限在中国大陆地区发行

著作权合同登记图字:20-2005-024

图书在版编目(CIP)数据

炸弹大开花/(美)布林利(Brinley,B.R.)著;
(美)吉尔(Geer,C.)绘;王心莹译.—桂林:广西
师范大学出版社,2005.5
(疯狂科学俱乐部)
ISBN 7-5633-5314-3

Ⅰ.炸…　Ⅱ.①布…②吉…③王…　Ⅲ.长篇小
说-美国-现代　Ⅳ.I712.45

中国版本图书馆 CIP 数据核字(2005)第 029677 号

广西师范大学出版社出版发行
(桂林市育才路15号　邮政编码:541004)
(网址:www.bbtpress.com)
出版人:肖启明
全国新华书店经销
发行热线:010-64284815
山东人民印刷厂印刷
(山东省泰安市灵山大街东首　邮政编码:271000)
开本:860mm×1310mm　1/32
印张:7.5　字数:120千字
2005年5月第1版　2005年5月第1次印刷
印数:0 001~10 000　定价:16.00元

如发现印装质量问题,影响阅读,请与印刷厂联系调换。

目录

一次意外的钓鱼大探险

（序）

　　哈蒙·摩顿是一个性格鲜明的角色,他摔下船、跌到水里,把钓鱼之行搞得一团糟;他让自己出糗、超级惹人厌,却又老爱引述莎士比亚的句子。说也奇怪,哈蒙曾经是杰夫和查理的朋友,也正是他们的钓鱼之旅,开启了"疯狂科学俱乐部"一系列的超级冒险行动。

　　在《疯狂科学俱乐部·炸弹大开花》一书中,有个神秘的物体掉进了草莓湖,杰夫、哈蒙和查理试图要找到它。他们的行动不仅把钓鱼之行给搞砸了,也引发了后续一连串的惊险行动。

　　在这个故事里,有些情节特别安排由几个大人来担纲主演,这也是本书最大的特色。大家可以从这本书中认识一些活灵活现的记者角色,主要是由于我父亲从事与新闻相关工作多年,他从共事过的记者身上撷取了许多灵感,因而能够不经意地将这些精彩的人物给描绘出来。这本书除了原有的科学探险情节外,还穿插了许多危急时刻的新闻处理方法，及新闻工作的细节与规范。

此外，还有一个大人也在故事里扮演了非常重要的角色，那就是马其上校。他是西港空军基地的指挥官，"疯狂科学俱乐部"的读者对他应该不陌生，这回他可是众人瞩目的焦点。当故事里的意外事件登上全国报刊的新闻版面时，他发现自己必须承受来自各方的压力；这些压力不仅来自长毛象瀑布镇，还包括新闻界和华盛顿当局。我父亲认识一些军官，其中有些人就担任与马其上校类似的军职。不过当他描写马其上校在危急与压力之中如何自处时，其中大部分是他自身的经验。

这本书在一贯惊险嘲谑的情节叙述中，仍然精准地掌握了"疯狂科学俱乐部"系列的核心宗旨："只要你愿意动动脑筋，世界上所有的问题几乎都可以迎刃而解。"杰夫、哈蒙和查理运用最基本的定位技巧，干净利落地找出物体确切的掉落地点。而当亨利加入他们的行列之后，他应用许多科学原理，思考各种解决的方法，摆平了一个又一个的难题。然而，他在实施的过程中还是需要别人的协助，这些人中最特别的便是"多地层教授"这个世界知名的地质学家。

这位教授是个滑稽可爱的角色，基本上是参考 1950 年代常出现在"希德·恺撒喜剧时间"里的人物。恺撒在剧中扮演教授一角，他常常坐在一把皮制的大型扶手椅上，并且不时要努力不让自己从椅子上滑下来，因此他的独角戏常常得暂停，转而听他指责某人为皮革上了太多的蜡。教授说话的口音很重，而这也为这个角色增添了许多喜剧色彩。在多地层教授这个角色身上，我父亲将他的口音和怪癖掌握得恰到好处。

在"疯狂科学俱乐部"系列故事中，经常会追忆一些昔日的美好时光（例如，查理缅怀布里斯托旅馆和长毛象瀑布镇驿旅的往日繁华）。我的父亲和母亲，也常常回想起第二次世界大战后的维也纳，那儿的布里斯托旅馆充满了怀旧的气氛。他们当时年纪轻轻便活跃于维也纳的社交圈，不时周旋于外交官、美国上流社会人士、同盟国军官、政府官员、参众议员，以及许许多多路过或落脚于维也纳的人士之间，而相关的午宴与晚宴往往在布里斯托旅馆隆重举行。目前这个旅馆仍然安在，就位于维也纳歌剧院的对面。

最后要说，希望借由这个长篇故事新版本的发行，与更多的读者一起分享"疯狂科学俱乐部"令人难忘的探险行动。

谢里登·布林立

2003 年写于弗吉尼亚州阿灵顿市

（本文作者为"疯狂科学俱乐部"系列作者伯兰特·布林利的女儿）

炸弹大开花

　　曾经有很多人问我，"疯狂科学俱乐部"一开始是怎么组成的？我通常会反问他们："组成？你指的是什么意思？"说实在的，我们的俱乐部没有所谓"组成"这回事，反正自然而然就这样形成了。

　　如果一定要我选一天，说"整件事就是从那天开始的"。我猜想，我一定会选择那个令人不寒而栗、阴郁诡谲、浓雾笼罩的日子。就是那一天，我和杰夫·克罗克作出错误的决定，找了哈蒙·摩顿跟我们一起到草莓湖去钓鱼。也就是那一天，有个神秘的物体"扑通"一声掉进湖里，大家伙 B-52 轰炸机于是由西港空军基地紧急升空，也因而引发了一连串的事件。住在长毛象瀑布镇的每一个人，想必永远都不会忘记那些事情吧。

　　故事的结局并没有造成多大的伤害（譬如没有让任何人丢了小命之类），不过倒是害得我们整个礼拜都不能钓鱼，而且整个长毛象瀑布镇足足争吵了一个月。这整件事到底是怎么发生的？让我来告诉你吧。

哈蒙·摩顿这家伙真是个令人头痛的人物,这倒不是说他制造了许多事端,不过任何事情只要他插了一脚,问题便往往越搞越大。我们当时刚把船划到湖面上,大概才过了十五分钟吧,哈蒙便开始大口大口地吃起午餐;我们原本把午餐藏放在船尾的椅子底下,防止它被弄湿,而且吃的时候也不会有太重的鱼腥味儿。

"啊,哈蒙,对不起!"杰夫说道,他用右桨划水时用力不当,刚好在哈蒙狼吞虎咽的三明治上面泼了许多水,"我刚刚还想,花生酱好像有点太干了。"

哈蒙被食物噎住,在一阵猛咳之后,他原本要吞下去的食物,有大半口都喷了出来。他气得两眼直瞪,脸涨得通红,红到我觉得他恐怕有某条血管快要胀破了。哈蒙嘴里叽里咕噜地想要说话,结果却噎得更厉害。他根本没办法把食物给吞下去,而嘴里塞了东西也没办法咳嗽,最后只好把东西全部吐在船边。

"天哪!真没想到你这么快就晕船了!"杰夫嘲笑了他一番。

哈蒙还是咳个不停,手忙脚乱地想要找条手帕,结果剩下的三明治一不小心就掉到船舱底下的污水里去了。三明治马上变成湿乎乎一大团,我忍不住开始狂笑,这让哈蒙抓狂了。他抓起湿乎乎的三明治,朝向船头的我直直丢过来。他的准头还不错,最大的一块飞到我的左边脖子上,不过这时候哈蒙显然脚底一滑;我是没看见啦,只是当那块湿乎乎的三明治啪的一声摔在我脖子上时,我同时听到一阵大笑声。等我抬头定睛一看,船里已经找不到哈蒙的踪影,原来他已经弹射出去,飞越船尾,掉进湖里去了。

"喂！哈蒙，赶快起来啦！你在水里会把鱼给毒死耶！"杰夫对着哈蒙大叫，我们两人笑成一团。哈蒙浮出水面，奋力想要游回船边，他用两只手抓住船舷，打算从船的侧面爬出水面。

"你这个笨蛋给我住手！你要从船尾爬上来，不能从船的侧边爬啦！难道你想把船给弄翻吗？"杰夫又对他大叫，还用桨身拍打他的一只手。

"要不是怕剩下的午餐会弄湿，我早就把船给翻过来啦！"哈蒙气疯了，他正两手交替扶着船舷，慢慢移向船尾。

我们帮他爬上船，把湿衣服拧干，杰夫递了一条毛巾让他擦干身体。

"会不会冷啊？"杰夫问他，"你的牙齿喀哒喀哒抖个不停耶。"

"才不是我的牙齿呢，"哈蒙嘲笑他，"是你脑袋里的石头滚来滚去，发出的喀哒喀哒声吧！"

"好笑好笑！"我说道，"可是你的嘴唇抖个不停啊。"

"对啦对啦，我正在碎碎念个不停，这样你满意了吧？"

哈蒙实在很奇怪，他就像马戏团的橡皮人一样，一下子就恢复原状了。我在船头的储物箱里翻出一件厚重的帆布防水衣，把它丢给哈蒙，叫他在衣服风干之前先穿上。如果你又冷又湿，那么这件冷冰冰、发了霉且紧贴你皮肤的防水衣是最好的选择。哈蒙把防水衣披在肩膀上，直挺挺端坐着，想办法让自己看起来很有尊严。我想，除非太阳从乌云后面露出脸来，否则哈蒙的衣服永远也没机会变干。那个时候，大雾弥漫，从船上往四周看去，四五米外的东西就看不清楚了。

我和杰夫把饵钩准备好，在钓线上面绑好铅锤，而哈蒙则坐在船尾猛打哆嗦。我们知道在这样的大雾中，草莓湖里的大口鲈鱼和大眼梭鲈是出了名地容易上钩。今天湖面上平静无风，四周静悄悄的。

　　我们丢了一根钓竿给哈蒙，而他只是坐在那儿，膝盖抖个不停，结果让竿头垂到水里头去了。哈蒙的个性根本就不适合钓鱼；钓鱼得有十足的耐心，而且要能长时间屏气凝神才行，如果你没办法这么做，就别指望钓到鱼。哈蒙实在太神经质了，他一点都不适合钓鱼；如果不是时时刻刻都有新鲜事发生，他就要自己制造一点事端。

　　我们把钓线丢入水里，过不了五分钟，哈蒙就扭开他随身携带的收音机。

　　"把那玩意儿关掉，"杰夫咬紧牙齿，低沉地哼了几句，"你会把鱼给吓跑的。"

　　"你尽管在那里多哼几句，"哈蒙说，"音乐对心灵有益喔！"

　　"我们不是在钓比目鱼耶，大白痴，我们钓的是鲈鱼！"

　　"哟，你这么紧张干吗？"哈蒙嘲笑他，"又不是要上电视！"结果哈蒙并没有把音量关小，反而开得更大声。

　　就在这时，广播节目被一则信息插播给打断了。原来是驻守在西港空军基地的美国空军战略轰炸机中队，过一会儿即将展开预定的空袭警报演习。播报员说，接下来的两小时内，喷气机大约分成四到五个航次，陆陆续续由空军基地起飞。

　　"老天爷！"我忍不住抱怨，"看来只能钓鲫鱼了。"

"'钓鲫鱼'？我以为你们要'钓鲈鱼'哩！"哈蒙咕哝道。

我和杰夫交换了一个眼神，两个人无奈地耸耸肩。我们坐了一会儿，满心期盼能在演习前钓到几条鱼，然而湖面上的雾气越来越浓了。大雾之下，如果我们必须提早离开，就得借助杰夫的罗盘才能回到岸边。说实在的，我们并不知道自己准确的位置，不过没什么关系。我们知道轰炸机每次都以固定的航向起飞，向右飞越水域上空，然后飞向草莓湖西北角丘陵间的隘口，那儿全是沼泽和湿地。当飞机越过我们上空时，高度大约只有百十米，它们产生的噪音和冲击波，会把所有的鱼都赶回湖底去。

"如果没办法钓鱼，那我们可以吃午餐了吗？"哈蒙提出建议。

"你就只想着吃午餐吗？"杰夫问他，"你没有跟你堂弟费迪一样肥，还真是奇怪咧。"

"我们两个人可不一样，"哈蒙解释道，"费迪活着是为了要吃东西，而我吃东西是为了要活下去。而且我吃下去的热量全都烧掉了，所以不会变胖噢。"

"看起来烧得相当慢呢，"我说道，"难道你的腰际缠了一大捆钱吗？"

就在这时，我们听见第一架轰炸机有规律的怒吼声，然后它轰隆隆从头顶上飞过，我们全都出自本能地蹲下身子。在浓密的大雾中听来，那声响实在大得有点夸张，简直像是从头顶上不到六七米的高度飞过去似的。我们蹲伏在船里，嘴巴张得老大，用手指紧紧塞住耳朵。

"咻——咻——咻！"杰夫吹了个口哨，说道："哇，那家伙吹来的风,把我的头发吹出分线来了耶。飞机越过我们头顶的时候,希望它们的起落架不要放下来才好。"

我们在原地坐了好一会儿,想下定决心回到岸边,看来今天没办法继续钓鱼了。又有三架飞机轰隆隆飞过我们头顶,每一架发出的声音都更加震耳欲聋,像是要比前一架制造出更具爆破力的冲击波似的。JP-4战斗机的味道弥漫在我们四周。

"唉哟喂,跟死鱼一样臭!"哈蒙说,"钓鱼我是不懂啦,不过这味道绝对会把鱼要吃的蚊子给臭死!"

"这次的飞行任务可能还有一个架次喔,"杰夫向大家宣布,"接下来应该有很长一段时间会安静下来,我们可以等鱼游回来。"

"要不然,我们把钓线改放到深水区去,"我跟杰夫说,"整个湖面都很吵,鱼可以躲的地方只有湖底了。"

"说的也是,"杰夫答道,"那我们就把线放下去吧。"

正当我们把钓线卷起来,任务中的第五架飞机开始向我们怒吼,还发出音调尖锐的喀啦喀啦撞击声,害得船身摇晃不止。

"那家伙好像有麻烦耶!"哈蒙大吼大叫。

"对呀!它好像出问题了!"杰夫也吼着。飞机引擎传出的声响逐渐消失在远方。

不知道出了什么问题,不过显然有个东西掉进湖里,发出巨大的扑通声!

那东西距离我们实在太近了,你几乎可以感觉到水花溅起的强大力道,但是由于雾很浓,我们根本看不到任何东西。

"哇塞,我的老天爷呀!"哈蒙大声叫嚷,"他们开始轰炸我们

了耶！"

"拜托喔，你这个出浴美女，把你的衣服披好啦！"杰夫警告他，"还有，乖乖坐在你的位置上。"

这时候船身开始摇晃，我们才知道掉进水里的不明物体一定很巨大，竟然激起六七米高的波涛。

"划桨手，快一点！"我大声叫杰夫，而他赶紧抓起船桨，及时使船头转向以避过一个大浪，否则说不定就翻覆了。我们坐在船里，前摇后晃地过了好一阵子，然后杰夫开始划船，朝向骚动源头慢慢靠近。哈蒙已经把"冻僵"这回事忘得一干二净，他在船尾半蹲半站，还半裸，紧紧盯着大雾深处。

"也许是炸弹的隔间门坏掉，松开了。"他说道。

"应该比那个重吧，"杰夫继续划动船桨，喃喃自语道，"比较像是整个机尾掉下来了。"

船身终于不再摇晃了，我们身处平静的湖水中，可是四周什么都看不到，只有一些气泡在湖面破裂开来。那个不明物体沉入水中有一段时间了，现在早已不见踪影。

"不知为何，尘世的荣光就这样消逝了！"哈蒙坐在船尾，不住地赞叹着，然后他面带庄重的神情把防水衣甩到左边肩膀上。

"你给我再讲一遍……"杰夫咬牙切齿，气到差点不能呼吸。

"可以啊，可是我想不起来了耶。"哈蒙得意地偷笑。

"喂，你这个自作聪明的家伙，最好把防水衣披好，难道你想得个超级大感冒吗？"杰夫警告他，"现在，无论还要不要钓鱼，我想我们最好还是划回岸边去。不管掉了什么东西,空军单位应该尽快修复那架飞机才行,它大概是轰炸机吧。他们如果想知道东西掉在哪里,我们可以提供一点线索噢。"

"提供线索给他们？"哈蒙哼了一声,很不以为然的样子,"位置那么明显,就在那里啊！"他用手指着水面,气泡仍然从水里不断冒出来。

杰夫沉吟半晌。"好啊,你这个呆瓜！你大概很愿意跳进水里,在那儿踩一会儿水,等我们回来就知道要上哪儿找？"杰夫说。

"嘿,也不看看你现在在跟谁讲话啊？大呆瓜！"哈蒙气得大吼大叫,还拿起他的湿裤子在杰夫头上甩来甩去。

杰夫用桨柄把哈蒙推回他的位置上。

"你给我坐下,听好了！"他说,"我们还不知道目前确切的位置,而且从这里根本看不到岸边,如果等一下要回到原处或者附近,就得好好用用我们的脑袋才行。嗯,我们得依赖罗盘的引导把船划回岸边,以后才知道要从哪个方向划回原处。我们还要计算划回岸边总共划了多少下,才会对距离有点概念。哈蒙,你坐在船头,帮我数一数总共划了多少下。查理,你坐到船尾去,负责操作罗盘。"

杰夫一句废话都没有说,大家都专心听他安排,这并不是因为他作威作福、仗势欺人,只是情况紧急,大家自然而然就跟着他的指令行事了。我从他手中接过罗盘,然后把另一枝桨放在船尾的桨架上,负责掌舵。我们朝西北方向出发,与罗盘指针相差了四十五度。杰夫并不是随便选了这个方向。首先他估计,从这个方向划回去,我们所抵达的岸边应该是火鸡山路最靠近草莓湖的地方,如果想打电话就可以到加油站去。除此之外,飞机起飞的方向与后来的飞行路径大约呈直角。综合这些线索,空军便有很好的依据,得以尽快确定掉落湖里的东西的位置。

杰夫以平稳的速度向前划去。抵达湖边后,我们发现比预期的位置略向西偏了一些,不过比原本估计的时间快了很多。

"我猜想,实际上的位置跟我所想的不太一样,"杰夫说,"哈蒙刚才跳进湖里洗澡的时候,我们可能漂流了一段距离吧。"

我们没再听到有其他飞机起飞。虽然哈蒙一直开着他的收音机,我们也没再听到这次演习警报的任何消息。

"这下可好,"哈蒙发表他的意见,"如果飞机发生问题,你认为他们必定会宣布某些事情。而如果没有宣布消息,为什么又没有任何飞机起飞呢?"

"说不定他们只是喝咖啡休息一下。"我推测。

"你白痴啊!"

"喂,是你自己问的问题,那你自己回答啊!"

这时杰夫径自走上湖岸,在火鸡山路上找到电话。等他走回来,我们问他情况如何。

"不知道发生了什么事,"他说,"他们不肯透露半点口风。"

"你有没有跟他们说,我们看见某个东西掉进湖里?"

"我跟他们说,我们'听见'某个东西掉进湖里,随后跟我谈话的人就说'谢谢你,我们会查查看'。就这样啦。他连我的名字都没问,更别说其他事情了。"

"跟你说话的人是谁啊？"我问道。

"西港空军基地的某个中士吧。我不知道他叫什么名字。"

"那就扯平啦，"哈蒙插嘴道，"他也不知道你叫什么名字嘛。你应该跟飞行控制中心的人报告这件事才对。"

"嗯，大概是吧。"我说，"那我们现在怎么办？"

杰夫耸耸肩，用脚踢起一些沙子。我们全都坐在一根倒木上，仔细琢磨下步该怎么办。过了一会儿，我们都认为，至少应该跟长毛象瀑布镇警察局报告详情，或许他们会跟空军单位报告这件事。哈蒙也说，如果西港空军基地想要展开搜索行动，找出湖里的东西，他们必定要会同当地警方。

"你说得没错！"杰夫赞同道，"我们最好赶快到警察局去。"

"等到了警察局，我可以再到报社去跟我舅舅说，"哈蒙又说，"报社会对这件事感兴趣。"

"好主意！"杰夫说道，"或许他们可以搞清楚，到底发生了什么事。"

我们又把船推进湖里，杰夫和哈蒙一齐划船，朝着草莓湖的东岸码头划过去，杰夫的家人在那儿有栋夏日别墅。我坐在船尾掌舵，反复思忖那落入湖里的神秘物体。突然间，有个再简单不过的念头跳进我的脑海里。我们一开始为什么没想到呢？

"嘿，你们两个！"我冲口说出，"我有另一个建议！"

"另一个建议？"哈蒙一边喘气一边说，"你几时有过原来的建议啊？"

"笨蛋哈蒙，我看你所有的话都没经过大脑嘛！不过算啦！"

"我看你才是哩,你还得先去找个大脑装上再说吧!"哈蒙反唇相讥。

"好了啦,你们两个,好了啦!"杰夫忍不住插嘴,"查理,我们听听你的想法吧。"

"是这样的,很简单。"我说道,"我们干脆回家拿潜水装备,然后回到刚才那儿,看看湖底到底有什么东西,如何?"

杰夫看看哈蒙,考虑了一会儿,而哈蒙也看了杰夫一眼。然后他们两人都转过头来看着我。

"好家伙!我怎么没想到?"哈蒙嘀嘀咕咕说道,他的声音很小。

"这主意太棒了,查理小子。"杰夫迟疑了一下才说,"不过,那东西不晓得掉进多深的地方,我们或许到不了那样的深度喔。"

"如果不试试看怎么知道呢?"我回嘴。

"这个嘛……我想你说得没错。"杰夫承认,"走吧!大家还犹豫什么?"

"耶!伙计们!让我们来兴风作浪吧!"哈蒙大声欢呼。他和杰夫开始奋力划水,那模样活像一对双人划艇选手。

我们像水上飞机一般,飞快地沿着湖岸航向杰夫家的码头,同时一边交换彼此的想法,讨论如何以最快的速度重新集合,再回到湖面上。我们终于抵达码头,也就是先前停放脚踏车的地方,这时候大雾似乎将再度弥漫,但是我们的情绪依旧高昂。不过呢,就最后的结果看,如果我们当时就此打住,结果可能会比较好吧。

我和杰夫冲向镇上广场的警察局,报告我们所发现的事;而哈蒙则去找他舅舅,他舅舅在《长毛象瀑布周刊》的排版室操作排版机器。这之后我们得快速冲回家里拿潜水装备。

长毛象瀑布镇并不大，它是一个旧式小镇，跟当时一般的小镇没什么两样，它算是个适合人居的好地方。不过，它有一个很大的缺点，几乎镇上的每一个人都认识所有的人；不只如此，每个人几乎都知道其他人正在做什么，这更是糟糕。所以，当我们带着氧气筒、面罩和脚蹼回到杰夫家的码头时，报社派来的记者几乎跟我们同时抵达现场，还有一家又一家的广播电台随后赶到，甚至连"尼德·卡斐理发店"都派了两个人前来凑热闹。

哈蒙很爱讲话，可是杰夫不喜欢这样，我们把所有装备弄上船之前，他们两人闹得有点僵。我和杰夫已经把船尾的外挂马达搬到船舱外，把它夹在钓鱼小艇的船尾横板上。

"快点啦，你这个笨蛋！我们要出发了。"杰夫回头对着哈蒙大叫。哈蒙这时正在码头上竭尽全力向每个人说明我们的计划。

哈蒙百般不情愿地离开码头上的人群，临走前还向大家承诺：我们必定带着轰动全镇、出乎众人意料的真相返航。他爬上船，还在船首摆了个很戏剧化的姿势。我发动马达，等它稳定加速之后切换离合器，于是我们就像飞箭一般快速驶离码头，船后还喷出一大团水花泡沫与废气烟雾。巨大的惯性使哈蒙从他站的地方摔下来，脊背直挺挺地躺在船底。

"你真是个大白痴！"我们刚刚驶离众人听力所及之处，杰夫便对哈蒙这样说，"我们完全不知道是什么东西从飞机上掉下来，而且即使那东西很重要，我们能不能找到它还是未知数。你为什么要跟大家作那种白痴保证啊？"

"胡说八道!"哈蒙很生气地说。他又站上船头,恢复了刚才的姿势,而且还握紧拳头伸向空中。"这是胸怀大志者的好时机,我们要把握良机,掌握自己的命运!"他在风中大声狂吼。

"这样也会让你全身湿透的!"杰夫也吼着,"现在给我好好坐在船上,免得你又泡到水里去了。"

果然又起雾了。我驾着船沿湖岸前行,驶向我们早先登上湖岸的地点,也就是靠近火鸡山路的地方。多亏有马达,我们只花了几分钟就到了。不过杰夫要从这儿开始划船,唯有如此,我们才知道目的地离开岸边多远。

"我得划多少下啊?"杰夫问道。

"四百八十五点五下,准确数字!"哈蒙说。

"'点五下'是哪里来的?"

"你不是有一次用力不当吗,所以我把它算成半下。"

"好啦!我们要再次准确计算。"杰夫说。

"遵命!舰长!"哈蒙说,他对杰夫行了一个很精神的致敬礼。

"查理,要朝什么方向前进?"

"我们刚才以四十五度角前行,"我告诉他,"也就是说,现在我们要以二百二十五度角航行,没错吧?"

"没错!"杰夫说道,他整个人靠在桨上。

我负责掌舵,于是我把罗盘放在前面的座位上,目不转睛地盯着它瞧。指针不断来回跳跃,要让船首保持在二百二十五度的直线上并不容易。不过这时吹来一阵微风,大雾渐渐散去,于是我对着杰夫大叫,要他停下来。杰夫把桨插进水里。

"这种方法行不通啦！"我跟他说，"我们干脆再等一会儿，让雾散开一点，或许我可以利用对岸的某个地点定出方位角。用我们现在的方法，我可以知道划了三百米，却没办法确定真正的方位。"

"我想你说得没错，"杰夫同意我的看法，"如果我们不知道真正的位置，划到湖中也没用。"

他把船划回岸边，我们在那儿等待雾气逐渐消散。我只花了几分钟就认出草莓湖西岸小丘的山脊轮廓，等到雾气全数散去后，我仔细辨认着山脊上一些明显的特征，以便等一下做导航之用。正当我们等待的时候，哈蒙跳上岸边，折下一段枯死的树枝，把它直直插入沙堆中。然后他拿了一件亮红色的外套挂在树枝上，再爬回船里。那件外套本来是他准备御寒用的。

"如果我们想要准确定位，不仅要知道目的地的位置，还得知道我们从什么地方出发。"他向我们解释，"返程时，我们可以靠它对准方向，这样你就可以确定我们朝着直线行进。"

"哇，好主意！"杰夫说，"喂，哈蒙，你还是挺有用的嘛！你今天做过的事情之中，这是第二件有用的事。"

"那第一件是什么？"哈蒙问道。

"就是今天早上你穿好裤子那时候！"

"哟，你真幽默耶。如果你们不想等我笑死，就请赶紧上路吧。"

我们再度出发，还是杰夫负责划船，我掌舵。我让船头朝向远方湖岸一座小丘的陡峭山口，那里露出一小块蓝色的天空；从我们出发的地点来看，那个山口位于罗盘指针的二百二十五度之处。大伙儿顺利前行，突然，哈蒙在船头的座位上大吼大叫起来。

"喂,杰夫,你划得太猛了啦……九十四……你再这样继续划下去……九十五……我们会超过目的地一公里啦……九十六!"

"好啦!好啦!"杰夫说道,他放慢了速度,"这样总可以了吧?"

"可以了,可以了……九十九……这样可以。"

当哈蒙把数目数完,杰夫便在那个地点放下船桨。这时,阳光头一次冲破乌云,湖面上只剩下一点点薄雾了。我们放下船锚,没想到锚竟然落在湖水下方九米深处。杰夫十分吃惊。

"我还以为,这里应该更深呢!"他忍不住大叫。

"对啊!说不定这里有个水底山脊,或者有个小丘陵。"我说道,"有人跟我说过,这个区域少说也有三十米深啊!"

"嗯,实情到底如何,很快就见真相啦!"

我们把氧气筒和脚蹼穿戴好,而哈蒙早就站在船尾边上了。这时我们突然听见直升机引擎的啪嗒啪嗒声,断断续续地回荡在整个湖面上。原来是两架空军的直升机,从西港空军基地的方向朝我们飞过来,在水面上低空掠过。

"看样子,他们大概要寻找水面上的残骸吧。"哈蒙说。

"可是根据当时湖水泼溅的声音,我觉得那个物体不会漂浮在水面上。"杰夫很肯定地说,"况且,他们如果要找东西,这样的飞行高度未免太低了点。你看,他们似乎对准我们直直冲过来耶!"

毫无疑问,他们的确是朝我们径直飞来,而且已经飞到半路上了。直升机以我们这艘船为飞行方向,仿佛我们是被攻击的目标。哈蒙跳回船里,大伙儿赶紧把自己固定好,不然直升机一靠近就会带来强大的气流与声浪。带头的直升机在空中爬升了大约十五米,直直飞到我们上空停留,然后第二架又飞过来靠近我们的右舷,它保持在距水面几米处,活像一只不断拍动翅膀的大母鸡。有个身穿亮橘色服装的人探出机舱门外,开始对我们用力地挥手。我们也笑着向他挥手喊道:"哈!老哥你好啊!今天天气不错吧?"还喊了一大堆跟这差不多蠢的话,不过我们的声音完全被周遭的噪音与空气的扰动给盖过去了。那个人把两只手弯成筒状放在嘴边,看似要跟我们说话的样子,而我们也把手放在耳朵旁边,向他大声叫道:"你说什么?""我们听不见!"还对他不断摇头。最后,他终于弄懂我们的意思,便用左手臂挥舞着某种手势,指着我们身后的湖岸。我们转头望着他指的地方,可是没看见任何东西。于是我们又不断摇头。

"他要跟我们说什么?"哈蒙说道。

杰夫用一种嘲笑的眼光盯着他看,"说不定他们的意思是说,我们找错地方了,叫我们向湖岸移近一点。"杰夫大胆地这样推测。于是杰夫试着比划印第安人的手语,不过直升机里那两个人看起来一脸茫然的样子。

"我想他们都是笨白人。"哈蒙说道。

最后,刚才试过所有动作的那个人,抬头看着上面的第二架直升机,挥手叫它飞走,然后他的直升机移动到离我们更近的地方,就在我们头顶上停止不动。现在噪音更是震耳欲聋,我们得把手指头塞进耳朵才行。那个人拿了一张纸,在上头潦草地画了画,然后把纸丢下来。可是纸团还来不及掉到水面,就被引擎制造的气旋吹到一百米外了。杰夫拾起船桨,打算把船划向纸团,而此时直升机

则掉转方向往上飞,并朝着西港机场的方向往右边飞去,那个橘衣人不断挥舞他的手臂,示意要我们跟上去。

"我猜想,他们要我们向湖岸靠近一点。"杰夫猜测,"不过我们先去拿那个纸团吧。"

我们把船划到纸团落下的地方。哈蒙先看到它,于是将纸团拎出水面,可是纸上的墨字已经变成一团团模糊的污渍,完全没办法读了。这时直升机绕了一圈,又对准我们这里飞转而来,飞到一半突然掉转方向,陡地拔高,然后朝西港空军基地飞去。等到它的引擎声消失、听不见了,我们又听到另一种声音,这才知道直升机为何要飞走,原来有艘高速汽艇正全速前进,从公共沙滩的方向朝我们开过来。汽艇逐渐靠近,我们发现它是隶属长毛象瀑布镇警察局的船,原本负责在旅游旺季巡逻草莓湖各处。汽艇在我们旁边停下来,警察局长哈洛德·普特尼伸手抓住我们的船舷。

"孩子们,真是不好意思,恐怕得请你们离开草莓湖。"他以一贯沉着的口吻说道,"你们最好跟在这艘船后面,回到公共沙滩那儿去。"

"为什么?警长,到底发生了什么事?"杰夫问他。

"我知道的不会比你多啦。"局长答道,"我只知道,马其上校打电话给我,说他们那儿发生了某种紧急事件,要求我帮忙清空湖面,把人们都赶到沙滩上去。可能跟他们刚才发布的警报有关吧,也可能是某架飞机出了问题。其实我不太清楚耶。"

"我想我们知道喔!"哈蒙自告奋勇地说,"那些飞机紧急升空的时候,我们正在湖面上钓鱼,刚好听到有个巨大的东西掉到湖里去了。"

"负责接电话的中士也跟我说了,不过我们不应该跟太多人散布这个消息,除非能够确定到底发生了什么事。"局长告诫我们。

"啊,我们不会说出去的,你别担心啦!"哈蒙大言不惭地向他保证,一点都没提到他已经跟他舅舅说了——这样一来,每个人都可以从报纸上得知这个消息。

杰夫发动马达,跟着警察一起回到沙滩上。我们要求在杰夫家别墅附近的码头靠岸,因为我们把脚踏车丢在那里,普特尼警长同意了。我们注意到一个警察和副警长正在逐一检查沙滩旁的每一栋别墅,查看是否还有人留在别墅里。

"不管到底发生了什么事,事态显然相当严重喔!"杰夫说,"哈蒙,把你的收音机打开吧。我们干脆到镇上去,看看能不能把事情的来龙去脉给搞清楚。"

"掉进湖里的东西,说不定真的是一颗会爆炸的炸弹!"我说道。

"如果是这样,那就有好戏可看了。"哈蒙附和道,"喂,杰夫,我们带着这些潜水装备很麻烦耶,怎么办啊?"

杰夫想了一下,说:"把它们放进我家的谷仓好了,这样行动起来比较方便。不过我们还没办法掌握整个情况,假使他们一直叫大家不要靠近沙滩边,那么万一我们想要用这些装备,就没办法回来拿了。"

从事情的结果来看,杰夫当时的想法果然没错。平时,杰夫所作的各种判断通常都是对的,也因为如此,学校里的孩子总是叫他"粉(很)可靠先生";他还身兼棒球队和篮球队的队长。

　　回到长毛象瀑布镇，我们马上就嗅出一丝不寻常的气息。广场上的人群似乎比平常更多，还有好几辆州警和本郡警局的车子，两辆空军基地的轿车及一辆空军宪兵队的车辆，全都停在镇政府前面。广播电台刚刚宣布，空袭警报已经解除了，而空军方已经要求所有的警察单位配合，警告镇民不要靠近草莓湖周边区域。播音员说，可能是有某种意外事件发生了，不过他们还在等待空军方面发布更多的详细消息。

　　我们决定分头进行调查，等一下在镇政府前集合，因为这里似乎是行动指挥中心。哈蒙前往报社的办公室，我则到卡斐开的理发店，镇上的人如果想探听任何消息，通常都会到那里去。杰夫决定到警察局去打听打听，他假装关心我们早上报的案，询问警方是否已经展开调查。大约十分钟后，我们回到镇政府前的石阶上，交换彼此得到的信息。

　　哈蒙报告说，报社办公室简直就像蜂窝一样拥挤、忙碌，他们已经派遣几位记者和摄影师前往空军基地和镇政府以及任何可能得到信息的地方。他们很肯定发生了严重的意外，不过到现在一点头绪都没有。哈蒙有个朋友跟他说，空军单位非常精明厉害，因此现在有个报社编辑正跟华盛顿那边通电话，打探西港空军基地方面是否不小心露了一点口风出来。

　　"我在报社的时候，他们也帮我拍了一张照片喔。"哈蒙有点害羞地说。

　　"拍照片干吗？"杰夫问他。

　　"因为我把先前听到的所有事情都告诉大家了，还包括被赶出草莓湖那一段喔。"

"普特尼警长不是叫你不要说出去吗？"

"我是说，在我们被赶出来以前……也就是早上我到报社讲出来的事嘛。我现在当然不会再跟他们说任何事！"

"那我跟杰夫呢？"我问哈蒙，"他们难道不想拍我们的照片吗？"

"嗯，我当然说你们也在场啊，"哈蒙说，"不过他们没说要帮你们拍照耶……"

杰夫看了我一眼，我也看着他，然后我们一起看着哈蒙，仿佛在看一个卑鄙小人似的。不过哈蒙觉得他这时该擤擤鼻涕了，所以没有直视我们两人。

"那么警察局方面如何？"我问杰夫，"有没有什么蛛丝马迹？"

"没有！"杰夫说，"完全没有！"他又补充说道，还对着人行道旁的消防栓踢了一脚。

"我这里也一样哩！"我说，"理发店里的每个人都问我知道多少。他们也只知道收音机播报的消息。"

"真不知道空军方面到底在搞什么飞机，"哈蒙说道，他突然把头转向镇政府的大门，"或许我们可以偷偷溜进去，展开侦查行动。"

"机会渺茫，"杰夫说道，"他们才不会让任何人进去呢。"

他说得没错。比利·道尔管区警察负责封锁大门入口，连报社和广播电台的记者都被阻挡在外，只能留在外面的石阶上。大家想知道任何消息，只能等待马其上校——也就是西港空军基地的指挥官出面说明，而此时他正和镇长及镇议会议员开会。

"等镇长准备好，他会发表一份声明。"道尔警察向大家保证。

　　不过，道尔警察忘了有亚伯纳·夏普这号人物。亚伯纳是镇议会议员，而且他的大嘴巴还不是普通的大。道尔警察话才出口，亚伯纳就冲出大门，把道尔撞到一边去，然后他用整个广场都听得到的声音大声宣布："他们说，草莓湖里有一颗原子弹！"

　　大批记者簇拥到他身边，全都忙着向他发问，可是亚伯纳在人群中推出一条路，三步并两步地冲下台阶。

　　"喂！议员先生，你要到哪里去啊？"大伙儿在他身后大叫。

　　"我刚刚才想到，我得带家人到大熊湖去度假一个礼拜！"亚伯纳把大家远远抛在身后，急急忙忙冲到街上，转个弯消失在街角的那一边。

黑夜大冒险

　　亚伯纳·夏普消失得无影无踪，但是他说的那几句话似乎仍然漂浮在空气中，而且如同野火燎原一般，立刻传遍了整个小镇。大家对于他们听到的谈话内容的真实性并不是很确定，但仍然赶紧告诉其他人。我实在很难描述当时的情景。

　　有没有玩过"传话游戏"？这是一种很适合派对气氛的游戏，大概二十个人围着桌子坐好，然后其中一个人对他旁边的人说句简单的悄悄话。等到这句悄悄话沿着桌子传一圈后，大家可以逐一比较每个人听到的话，也跟第一句话比比看，结果常常让人笑破肚皮，有时还真是很糗呢！传话的时候耳朵会有点痒，不过很好玩就是了。

　　那天下午，长毛象瀑布镇广场上的情况就跟传话游戏十分类似。亚伯纳的话传到了核桃街，就已经不只是"草莓湖有原子弹"，而是变成"原子弹已经爆炸，整个镇都覆盖了含有放射性物质的小水珠"。等到话传抵布雷克街上的"麦克·柯克伦休闲台球场",就变成"苏俄已经向美国宣战,而且美国国民警备队已经动员起来了"。

大批记者只能在亚伯纳的奔逃身影背后大呼小叫,但却徒劳无功。于是他们全部一齐转身冲进议会厅,几乎把镇政府的大门给挤爆了,笔记本及麦克风散落四处,连被撞倒在地的道尔警察身上也有几个笔记本。

哈蒙笑得东倒西歪,而我和杰夫则赶紧跑上台阶,把道尔警察扶起来站好。我抓起道尔警察的帽子和警棍交给他,还帮他拍掉裤子上面的灰尘。正当我在做着善事时,杰夫早已快步冲进大门里,加入了那些记者的行列。这招是老把戏了,不过根本没有用,他刚冲进去,就发现普特尼警长迎面而来,挡住他的去路,其他记者也被警长赶出来,通通站在石阶上。

"各位先生,麻烦你们在此等候片刻,镇长会出来向各位发表一份声明。"他以坚定的口吻说道,"现在请大家耐心等候。"

有些记者忍不住发起牢骚,不过他们还是很有耐心地在外面等候,直到普特尼警长终于步出门外,让诸位镇议会议员鱼贯走下阶梯。镇长亚伦佐·斯桂格走在队伍的最前面,西港空军基地的马其上校则站在他身旁。镇长立刻被广播电台的记者团团围住,他们把又长又细的麦克风伸到他脸前。

"各位先生!"镇长以高亢、急促的音调说道,"我要发表一份声明。"他紧抓着手中的纸片,举在西装中间纽扣的高度,清清喉咙咳了三次,再瞄几眼纸片。然后他抬起眼,眼神空洞,凝视着他面前一张张焦急的脸。

"镇长先生,情况如何啊?"有个记者催促他开口。

"呃,情况如何呢,"镇长跟着复述了一次。然后他深深吸了一口气,握着纸片的手不知该往哪里摆,"西港上校刚刚告诉我……"他开始说话了。

"你是指马其上校吧?"有个记者问道。

镇长看起来有点紧张,停顿了一会儿。"我当然是说马其上校,"他很不耐烦地说,"我不认识西港上校啊!"然后他很神经质地笑了,那些记者也跟着笑。

"马其上校刚才对我,以及诸位镇议会议员说,有件战略性武器意外地从飞机上脱落,这架飞机正在参与……"

"你所说的战略性武器是什么意思?"有人问道。

斯桂格镇长又开始紧张起来,转身向上校求救。

"那个武器是一种核武器。"上校语调平板地说道。

"上校,你的意思是说,它是一颗原子弹?"

"你真要这样说也可以啦,"上校承认,"正确的说法是,它是一个核武器装置。"

"不过呢,上校向我保证,那个装置非常小。"镇长解释道。

"有多小?"报社的记者问道。

在这节骨眼儿上,葛拉罕中尉向前踏了一步,他是西港空军基地的发言人。"各位先生,那个装置的大小属于军事机密。"他说道,"我建议让镇长继续向大家说明,然后我们会回答问题,不过对所问问题回答与否,则要受国家安全规定的限制。"他向斯桂格镇长点点头,而镇长再度把纸片拿起来。

"有件战略性武器意外地从飞机上脱落,这架飞机正在参与今天早上的演习训练。"他继续说道,"我们相信有一个物体掉进草莓湖里。我要强调'相信'这两个字,因为我们目前没有直接证据显示那个物体确实沉在湖里。"

"我们有证据啊!"哈蒙大声叫道。经过一阵推挤,他跻身于记者群中,"我们听见它扑通一声掉进水里,而且我们知道它所在的位置!"他继续说。

"很好,那很好啊!"斯桂格镇长说道,他像是施予恩惠一般,用手拍拍哈蒙的头,再把他推出视线之外,"空军方面将会负责草莓湖附近地区的搜寻及复原工作,直到寻获该物体为止。"他继续说道,"同时,我们已经参与这个地区的清空行动,避免游客及好奇的民众干扰搜寻作业。"

随后,一连串躲不掉的问题来了。"它所含的放射性危不危险?"大家异口同声问道,"放射性落尘呢?""你们还没找到它之前,它会不会爆炸?""我们怎么知道它安不安全?"

斯桂格镇长面对一堆提问的猛烈攻击败下阵来,眼巴巴地望着马其上校。上校点点头,上前一步对着麦克风说话。

"不管是湖水里或者周围空气中,这附近的放射性绝对没有达到危险程度。"他很肯定地向大家说明,"我要向长毛象瀑布镇的所有居民保证,我们已经采取了适当的预防措施,而且为了避免任何不幸事件的发生,该项装置的设计与未来的打捞作业过程,都已将必要的预防措施考虑在内。各位,我可以明确且直截了当地说,此地没有任何有害的放射性物质,也没有任何危险性。"

"说到这里,我希望上述说明能够解答各位先生的疑问。"镇长露出微笑,"现在呢,如果没有其他事,我还有公务要处理,在此向各位说声抱歉。而我也向各位保证,如果事情有进一步的发展,我们一定会尽快再度举行记者招待会,向大家说明最新情况。"话一说完,他便大跨步越过那群记者,走下镇政府的台阶。镇长停在人行道上向天空瞥了一眼,那天虽不算阳光普照,但是天空相当晴朗、明净,他打开那把老旧的黑布伞,举到头顶上,朝着维西街的方向大踏步走去。然而,他还没走到街角就停下脚步,转过身来看着那些记者。"有件事我忘了说,"他斜着眼,用有气无力的声音说道,"那架飞机已经返回空军基地,而且没有再发生其他的意外事件。"

　　趁着镇长走开时,马其上校和葛拉罕中尉悄悄走向空军基地的两辆轿车,车子停在人行道旁边。他们快要走到车边的时候,那些记者突然回过神来,整群人簇拥到他们身边。有个记者抓住葛拉罕中尉的手臂。

　　"中尉先生,很抱歉,可以请你再回答一个问题吗?"

　　"当然可以!"

　　"如果放射线不危险,为什么你们要求民众远离湖边呢?"

　　"这位先生问得好!"中尉说道,同时也望着马其上校。

　　"这只是预防措施罢了,"马其上校坐在轿车的后座上回答,"我们不希望有人妨碍搜索作业,而且我们也不希望任何人受伤。"

　　"这个小孩说他知道炸弹掉在哪里,上校,您有什么看法?"另一位记者大声问道。

　　上校很有耐心地露出微笑。"我们将会进行完整的调查工作,如果无法确定那个装置的实际位置，我们也会询问所有可能的目击者。"他向大家解释。话一说完，他的座车从路边开动，随即驶离广场。

哈蒙对着路边的消防栓狠狠踹了一脚，结果痛得半死，原来他的运动鞋破了一个洞，大脚趾伸到破洞外面来了。

"LKK 烂空军！"他只能发发牢骚，"如果我的脚趾骨折，我一定要控告他们！"

"你真的知道炸弹在哪里吗？"《长毛象瀑布周刊》派来的人问哈蒙。

"我们当然知道！"哈蒙气冲冲地说，"而且我们要向他们证明这件事！"他补了一句，还朝着马其上校轿车离开的方向挥舞着拳头。

"你们有什么计划？要怎么证明啊？"那个记者问道，同时向他的同伴使使眼色。

哈蒙又准备张开他的大嘴巴了，这时杰夫上前一步抓住他的肩膀。"够了吧，哈蒙，我们留在这里只是浪费时间。"他说。于是我们走向停放脚踏车的地方，那群记者兀自说些冷嘲热讽的话，没一会儿他们又匆匆忙忙冲上镇政府的石阶去找电话。

隔天早晨，长毛象瀑布镇成为全郡的新闻焦点。昨天下午，空军已经派遣潜水员携带特殊装备进驻西港空军基地，但是直到夜幕低垂，他们也没能成功地找到炸弹的位置。如今整个长毛象瀑布镇完全进入骚动不安的状态，大家只要有地方可以去，无不立刻打包行囊走人。整个晚上，镇政府和民防紧急工作队总部不停地应付民众的询问。大家都想知道，如何才能保住他们的农作物和家禽、家畜。除此之外,数千公里外的各家报纸与广播电台为了作现场报道,一直向《长毛象瀑布周刊》询问相关问题,使周刊的工作人员整晚忙碌不已。地方上盛传一个谣言,说是炸弹设有一个安全时限,如果空军方面没有及时找到它,解除它的爆炸力,那么炸弹便会自动引爆。至于安全时限到底有多长,就有各式各样的马路消息到处流传了。而其中最可信的版本是说,空军方面正在尽力保守这项秘密,以免引发大众恐慌。

到了上午10点左右,到底是离开小镇的人多,还是进入的人多,实在很难估算。马路上交通大堵塞,到处都是空军的车辆与高级军官。大批记者和电视摄影小组守在镇政府外寸步不离。到了中午时分,镇上所有的旅馆房间都已被预定一空了。熟人一碰面,第一个问题几乎都是"水到底安不安全,能不能喝啊?"而要打电话到镇外简直难如登天,因为所有的线路都被打进来的电话占满了。

我、杰夫和哈蒙坐在斯诺格五金店前的台阶上,对准人行道的边缘丢铜板,同时也在动脑筋想着,接下来到底该怎么办。这时,荷马·斯诺格从店里走出来,津津有味地吃着苹果。

"嗨!"荷马说。

"嗨!"我应道。

"你们在干吗?"

哈蒙用不屑的眼神看着他:"你看不出来吗?我们正想修好这台冰激凌搅拌器,这样一来,我们就有冰激凌可以吃了。"

"我没看到有冰激凌搅拌器啊!"荷马说道,他正在啃他的苹果核。

"拜托！你总有眼睛可以看吧！"哈蒙冷笑了几声，"我也没看到冰激凌搅拌器啊。那么这些东西叫作'铜板'，我猜你八成也不认得吧，因为你在你爸的店里是负责处理'巨额资金'嘛！唉，这里有一些铜板，我们正在比赛看谁会先输掉。"

"好好玩喔！嘿，想不想吃我这个苹果啊？还剩一点点喔！"荷马说道。他拿着咬成锯齿状的苹果核，在哈蒙眼前摇来晃去。

啪的一声，哈蒙把苹果核打飞到街上，几只麻雀立刻飞下来。然后他用两根手指夹住铜板，对它吹口气，对准路边丢过去。铜板顺利地以圆边着地，滚到离路边不到八厘米的地方。哈蒙得意极了，他吹吹指甲，然后在衬衫的胸口处擦了擦。

"荷马，坐下来嘛！"他很客气地说，"或许我可以教你几招喔。"

"不用，"荷马说，"我老爸不喜欢小伙子坐在台阶上。"

"你是想叫我们离开吗？"杰夫问他。

"不用，"荷马说，"只是我老爸不喜欢啦。"

"有人会抱怨吗？"哈蒙问道。

"有些客人会啦。"荷马答道，"喂，今天早上我在报纸上看到你的照片耶！"

哈蒙又忙着在衬衫上擦亮指甲。"是啊！"他打了一个哈欠，说，"我有一些重要的消息可以告诉他们。问题是，没人相信。"

"你不是在开玩笑吧？你们几个家伙真的知道炸弹在哪里？"

"当然是真的！"杰夫解释道，"可是没人听我们说。"然后他跟荷马讲述了我们钓鱼历险的全部经过，以及我们听到有东西掉进水里，又是如何被警察赶出草莓湖的。"他们不让任何人靠近湖边,所以我们没办法知道湖底是否有东西。不过,看来它真的是个炸弹喔。"杰夫说。

"对呀!"我也同意,"空军也没说还丢掉了别的东西。"

"这个嘛,"荷马沉吟道,他移动那瘦巴巴的身体,爬上阶梯坐在我们身边,"或许你们已经听烂了,不过我要说,你们真的遇到麻烦了!"

"是啊!"

"你们需要一个能够解决问题的人。"

"对啊!"

"我知道镇上有个人是最适合的人选。"

"谁啊?"

"亨利·摩里根。在我认识的年轻人当中,他是最聪明的。"

"拜托,他没有那么聪明吧!"哈蒙很不屑地说,"他只不过读了很多书而已。"

荷马慢慢转过身,对着哈蒙怒目而视:"至少他会读书!"

很多人不喜欢亨利·摩里根。大家觉得他是个自作聪明、惹人讨厌的人,因为他一定会把家庭功课写完,别人跟他比起来就显得很差。不过事实是这样的,对亨利来说,功课实在太简单,而其他很多事情也是如此。

对于荷马的建议,杰夫考虑了一会儿,不过只有一会儿。"好家伙,我觉得你真是一针见血!"他说道,"我怎么没想到呢?如果要找人帮忙,那当然要找亨利·摩里根!我们走吧!"

"亨利有点难搞喔,"荷马说"你们得在他心情好的时候才能说动他。"

"那倒是真的,比如你要跟他谈钓鱼的话。"杰夫说道,"不过,假如你遇到某种麻烦,有某件事需要解决……或者你想知道科学原理之类的所有事情,兄弟们,那么亨利就是个老手了,而且他会迫不及待想要做喔。走吧,咱们出发吧!"

杰夫冲到人行道上,他的脚踏车斜倚在街边的路灯旁,而我和哈蒙在他后面一路追赶。荷马则留在阶梯上,搔搔他那乱蓬蓬的红头发。

"喂!"他大声喊着,"我得等到十二点半,那时我老爸才会让我乱跑啦!"

"你到我家的谷仓跟我们会合吧!"杰夫喊道,他已经骑着脚踏车带头冲到核桃街的转角处了。"我们一个半小时后会到那儿,亨利也会一起来喔。"杰夫说。

"你们留在人行道边的三个铜板怎么办啊?"他又大声嚷嚷。

"给小鸟吃啊!"哈蒙也吼道,"对了,如果铜板上有印第安人的头像,记得帮我留下来啊!"

大约一小时后,荷马出现在杰夫家的谷仓外,亨利·摩里根也来了。荷马喘着气,脸鼓得像河豚一样,汗水从他长满雀斑的脸上不断滴下来,他用红色的印花大手帕抹了又抹。我们聚会的地方是个加盖小屋,以前杰夫的老爸在这里养了很多赛马,不过现在只是个充满霉味的旧房间;杰夫把他所有的钓鱼装备和火腿族无线电设备都放在这里,还有一堆他妈妈不准他放在家里的东西。

"你注意听好了,"他等荷马进门后说道,"在事情完全结束之前，我们决定把这里当作聚会地点。所以呢，如果你打算加入我们的行列，就得对天发誓，然后我才会把敲门的暗号告诉你。除此之外，所有人都不准踏进这个门里面。"

"让我参加吧！"荷马恳求我们，"即使我有机会休息一下，也绝对不会到镇上去乱讲话。"

"算你一份！"杰夫说道，砰的一声把门关上。

荷马站在原地揉揉眼睛，试着适应房间里昏暗的光线。"亨利来了吗？"他问道。

"我在这里啦！"有个尖厉的声音从房间角落的阴影里传过来。亨利·摩里根坐在那儿，靠在一把老旧的钢琴椅上，他是在墙边成堆的旧家具与旧地毯里发现这把椅子的。他与墙壁间保持一个角度斜斜靠着，头和肩膀舒服地倚在墙上，脚弯起来钩住椅子的前腿，而椅子只有两根后腿着地，于是他的身体便半悬在空中。亨利双臂环抱在胸前，眼镜往上推高架在额头上，两眼直直凝视谷仓大梁上纠结的蜘蛛网。

"他正在思考噢，"杰夫说道，"不要打扰他。"

"喔，我几乎可以听见他思考的声音！"荷马咕哝道，他用大手帕掸掉箱子上的灰尘，在门边坐下。

"查理，他那个样子有多久啦？"荷马悄悄问我。我抬起一只手，五根手指张合两次，于是他点点头。我们全都静静地坐着，亨利正在动脑筋。哈蒙在谷仓地板上练习他最喜欢的掷刀游戏，每当他掷歪了，刀子便在地上发出响亮的哐当声，亨利的身体会抽动一下，而杰夫则狠瞪哈蒙一眼。突然间，亨利开口问了一个问题，其他人

全都吓得跳了起来,但是他自己的眼睛连眨都没眨一下。

"我们可以弄到草莓湖的详细地图吗?"

"我爸什么地图都有,是从我们郡上的工程单位弄来的。"杰夫说。

"拿一张来吧。"亨利说道,他还是一动也不动。

等到杰夫用手臂夹了一张超大地图回到这儿,亨利终于让他的钢琴椅向前倾正,又拨了拨眼镜。我们搬了一块旧门板,横放在两个包装箱上,把地图在门板上摊平。亨利叫杰夫指出我们在雾中登上湖岸的地点,也就是刚听到炸弹扑通掉进水里之后靠岸的那一次,然后又叫杰夫回家拿来测量用的量角器、直尺和铅笔。

"我想,根据你刚刚说的信息,我们可以把范围缩小到相当精确的程度。"他一边说着,一边开始在地图上画线,"如果你们想标出炸弹的精确位置,我是有个办法啦!"

"什么意思?如果我们想?!"哈蒙说,"不然你以为我们找你来这里干吗?"

"为了苹果派啊!"亨利说道。

哈蒙看看杰夫,这时杰夫突然僵住,随即冲到门外,跑进他妈妈的厨房里。他用盘子装了两片苹果派走回来,闻起来还热热的,而我们听到他妈妈正在厨房里大声咆哮。我们坐在旁边流口水,看着亨利把苹果派塞进嘴里,他边吃边跟我们解释他的点子。他画了一条线穿过湖面,说这条线代表西港空军基地轰炸机大致的飞行路线,并让杰夫确认有没有画错。杰夫用手指比了比,点点头表示没错。然后亨利又画了一条线,跟地图上的指北标志方向平行,再由我们于雾中登上湖岸那点开始,沿着二百二十五度的方向画出一条线,这条线与轰炸机的飞行路径相交于一点,他在那儿标了一个十字记号。

"据你估计,划回岸边大约有多远?"他问道。

"哈蒙算出我划了四百八十五点五下,"杰夫说道,"别管那'点五下'。"

"还用你说?"亨利说,"那无关紧要。看看结果吧。"亨利拿了张纸做了一点计算,然后沿我们划船的路线量了量。"划了四百八十五下,假如我们估计这大约等于一百二十米,那么从岸边开始算,你们的位置会在……这里。"他又标了另一个十字记号,位置大约在飞行路径的左边一点点。

"差不多是那里没错。"杰夫说道。

"那么,我想我们已经很接近正确的路径了。"亨利向大家说明。他又沿着飞行路径画出一个长方形,把两个十字记号圈在里头。"首先,我们要搜寻这个区域,假如找不到任何东西,再把搜寻范围从这里扩展出去。"亨利在第一个长方形外面又画了一个更大的框。

"你在说什么啊?"哈蒙很生气地大吼,"空军单位不会让我们进入草莓湖的啦!"

"我们晚上去啊,"亨利平静地说道,"那时不会有人看见我们。空军单位或许把草莓湖列为禁区,但是他们不可能一天二十四小时都在湖边四处巡逻呀。"

"晚上不是什么都看不到吗?"荷马问道。

"我们不需要看见任何东西,"亨利向我们解释,"只要在岸边

操作无线电信标，就可以确认我们的位置了。"

"就算是这样吧，可是我们怎么才能找到炸弹？"

"你有没有听说过磁力计？"亨利问道。

所有人都一脸茫然的样子——特别是荷马。

"磁力计是一种仪器，用来测量地球磁场的强度及磁力线的方向。"又是那种平板单调的声音，亨利一边说着，还继续在地图上画线，"地球周围有许多磁力线，而具有磁性的所有金属，特别是钢和铁，都会对正常分布的磁力线产生干扰。磁力计便是用来探测这类干扰情形，所以你们只要拿着它，在搜索区域里到处移动，等到它告诉你有东西不对劲了，你就知道附近有某种金属物质啦。"

"你的意思是说，它就像地雷探测器？"荷马问道。

"意思差不多啦，"亨利说，"不过这两种东西完全不一样。地雷探测器会发出讯号，一旦它收到反弹回来的强大讯号，通常表示发现了某种金属，不过距离远一点它就失效了。也就是说，它大约只能探测到地下几米左右。磁力计也有同样的功用，可是磁力计不会发出任何讯号，它只是感受周围的磁场，一旦感受到任何干扰情形，它就会有反应。你可以带着它搭飞机，飞行高度就算是六百到九百多米，你还是可以探测到地表下面的铁矿矿床。"

"水面上也可以用吗？"杰夫问道。

"好问题！"亨利说，顺便把最后一片苹果派塞进嘴里，"看来你会动脑筋嘛。事实上，如果要探测水底的东西，必须使用一种特殊的磁力计。你必须用绳索把它绑在船尾拖着走，不过这没什么问题啦！"

"哇,天才先生,这些事情都好有趣喔!"哈蒙打断他的话,"可是,我才不要随身携带磁什么……什么的啦,而且我敢打赌,其他人也都跟我一样。那东西哪能真的帮上忙啊?"

亨利用一种眼神看着哈蒙,仿佛在看某种可悲的小人。"这样吧,我知道哪里可以借到一个,"他说,"如果方便的话,最好可以请杰夫的妈妈开车载我们到克莱伯镇,那里有一家'湖川打捞公司',我可以请韩德森先生借我们一个。"

"好啦,听你的,听你的就是了!"哈蒙说,"可是在我看来,这个计划工程浩大,而我们才这么几个人,恐怕办不到吧。你至少得有两架无线电信标,分别站在岸边的两个不同地方,这样才能够准确定位吧,而且……"

"我们总共有五个人,"杰夫说道,他数数人头,"亨利,船里需要几个人?"

"这个嘛,要有人划船,因为我们不能用你的船外马达,那样太吵了。还要有人负责盯着磁力计的指针,另一个人则要带着方位接收器,才能确定我们是否位于预定的路线上……我猜我们真的需要两个接收器……我有一个可以用,而你这里也有一个……这样好了,或许只用一个就好,不过速度可能会比较慢吧。既然你们提到人手的问题,我们等一下可能会忙得团团转吧,不过无论如何都要动手。"

"我们不必派人操作信标的发射器吧?"杰夫提出建议,"我们可以把它们安置在岸边,只要打开电源就好了。"

"可以啊,"亨利同意这样做,"但光是把它们放在恰当的地方,就得花费不少时间;而且一定要架好之后,才能划船到湖面上。不巧每年这个时候天黑得又比较晚。两个发射器必须相隔很远的距离,彼此之间大约是直角的关系。"他用手指着地图上的两个点,认为应该把信标发射器放在那两个地方;其中一点位于湖的北岸,差不多是我们心目中炸弹落点的正北方,而另一点则大约是轰炸机的推测飞行路径与湖岸相交之处。

"我知道该把第二个发射器放在哪里,"杰夫说道,"我家的别墅就在那个地方。我知道轰炸机紧急起飞后,飞机就会飞过我头顶。"

"很好!"亨利说道,"我们派哈蒙带着信标和对讲机守在那里,负责监视那个区域警察巡逻队的活动。一旦有任何风吹草动,就通知我们。"

"你们出发之后,如果他们也派警察下水,那该怎么办呢?"哈蒙问道。

亨利搔搔他右耳上面的浓密头发,说:"你的顾虑有道理,哈蒙。有个老谋深算的将军曾经说过,如果你没有把撤退的路线算计好,就别想策划一场进攻,而这正是我们必须注意的事情。喂,杰夫,我们要带着船外马达,以备不时之需。"

"好耶!那么工作如何分配?"哈蒙打断他的话,"我们只剩下几个小时可以准备啰!"

亨利又抓抓他右耳上面的头发,然后在地图纸的边缘草草写了一些字。"我想,我们还需要人手帮忙。"他说,"我算了一下,船里应该需要四个人才能搞定。你们有没有什么意见?"

"找莫泰蒙·达伦坡怎么样？"我提出建议，"他是个老资格的火腿族，跟杰夫一样，我知道他有一大堆设备。"

"没错！他是个电子仪器玩家喔。"荷马附和道，"不过啊，你得让他觉得做这件事很刺激才行，不然他不会有兴趣的。他是有点怪啦！"

"哎哟，那就不要找他啦。"哈蒙不屑地说，"我们在三更半夜到这么大的湖里找一颗原子弹，而且警察和空军的一半人力在我们的脖子上哈气，我不知道怎样才能让他觉得很刺激啦。等到真正发生令人兴奋的事情再找他来吧。"

这时，大家一定想用拳击的犯规招数痛殴哈蒙的颈背，不过荷马太矮了，他根本打不到，只能畏畏缩缩地拼命忍住怒火，喉结骨碌碌地上上下下动来动去，连耳朵都泛红了。"好啦，好啦，"荷马说道，"我会去找莫泰蒙啦。或许他会帮我们的忙。"

"也可能不会喔，"哈蒙回嘴，"我跟你一起去，走吧！"哈蒙话一说完，便拎起荷马的一只红耳朵，推着他走出加盖小屋门。

亨利又花了一些时间计算各个方位角，从湖岸边放置无线电信标的两个地点，一直计算到他画在湖里的那两个长方形的许多点。他在长方形与湖岸之间画上虚线连起来，再把数据填到虚线旁。最后，他把地图交给我。

"查理，你负责看地图，所以你就是领航员。"他说，"你必须随时掌握我们的位置，并告诉我们要如何抵达目的地。你行吗？"

我先吞了一口水才回答："当然！我想我可以啦。"

"很好。现在戴好你的头灯，再准备一块板子，这样你才能在船底把地图摊开来看。我们不能让岸边的任何人看见我们,那样太危险了。"

"遵命!"我说。事实上,我并不知道自己置身于什么样的状况中。

那天晚上,杰夫和哈蒙偷偷溜进杰夫家的沙滩别墅,在楼上的房间里架好一个信标发射器。然后他们把小艇推出船屋外,杰夫静悄悄地划着船,沿着湖岸前往火鸡山路,而哈蒙则留在房间里操控发射器。我和亨利在路上等待杰夫出现,莫泰蒙也跟我们一道。我们把脚踏车藏在沙滩后方的灌木丛中。

另一个信标发射器和装设工具则由荷马带着,亨利把他载到湖北岸的一个小湖湾去,我们知道那里有个"美国海岸及大地测量署"设置的高度标记。高度标记也称为"基准点",是根插在地面上的正方形混凝土小柱子,用来标示某个地点的海拔高度,它的高度数值是经过精确测量得出的。亨利选择这个地点,就是因为这些标记的设置地点是经过精确的测量,而所有的地形图便是以它们当作基准的。有了这些基本的参考点,我们掌握精确位置的几率就比较大,而一旦我们找到任何有价值的东西,就可以在地图上把位置标示出来。

等到杰夫把船拖上岸,我们立刻把装备搬到船上。我的脊背一阵发凉,这几天我们一直嚷嚷的事,现在真的要动手做了。

"快一点!"杰夫用紧绷的声音说道,"警察的巡逻队随时可能沿着道路搜索,然后就会发现我们了。"

"噢,该死的烂泥巴!"莫泰蒙·达伦坡大声叫道。他的手臂上挂着接收器和环状天线，冷不防在一块大石头后面摔倒。

"帮我把船弄好！帮我把船弄好！"杰夫用气音小声嘶吼着。

我和亨利跑到水边，跟杰夫一起又推又拉，终于把船拖进湖边一小丛高大的芦苇中。突然间有光线扫过我们身上，来来回回照了好几秒。我们赶紧趴进船里，后来光线便转移到湖岸上去了。挂在杰夫肩膀上的无线电对讲机，这时开始劈里啪啦响个不停。杰夫把天线拉出来，对着送话口说道："我是杰夫。"

"我是哈蒙啦，有一艘巡逻船正在湖面上。你们最好小心点喔。"

"有没有其他新消息啊？"杰夫哑着声音说道，"下回多给我们一些信息如何？"

"对不起啦！"哈蒙说道，"不过我刚刚才看到光线嘛。"

"我们回去好了。"杰夫快要喘不过气来了，"亨利，我们不要去啦！"

"喂，冷静一点嘛！"亨利语气平和地劝慰他，"他们要先巡视整个草莓湖，然后才会回到这里来。等我们把船划到湖面上，他们就不太可能看到我们了，因为他们的工作主要是搜索湖岸地带。所以呢，现在是从这里出发的最佳时机。"

"唉，你总是把一切都计划好了。"杰夫不情愿地说道。然后他开始把船推出芦苇丛。

大约十分钟后，我们就已各就各位，驾着船划进湖里。我和莫泰蒙可以根据两具信标发射器的读数掌握正确的方位角。我们先前已用粗麻布把桨架包起来，以使划船时的噪音降至最低，而且还把接收器的音量调得很小。有艘巡逻船正用探照灯扫视岸边，不过它离我们很远，距离最近的时候也是在一公里之外呢。看来他们绝对没想到有人会跑到湖面上,所以只是巡逻岸边,采取预防措施而已。沿着湖岸扫视两次之后,那艘船便把搜索范围局限于沙滩前方,也就是靠近长毛象瀑布镇那一侧。

我们在湖面上待了一个半小时,杰夫划着船载我们来来回回地找,主要范围是亨利在地图上标示的小长方形区域。磁力计系在拖绳的末端,跟在我们船后时浮时沉,亨利则蹲在船尾的座位上,用笔状手电筒扫视仪器上的读数。有时亨利会举起手,示意要杰夫停下来,然后我们会后退一些,再一次划过相同的点,直到亨利确认仪器上没有任何显著的讯号为止。这样一来,要杰夫维持在同一条路径上实在不太容易,不过我们还能掌握大概的位置,所以问题不是很大。假如亨利发现了令人惊讶的东西,应该有足够的时间搞清楚我们的确切位置。

我们此时距离一个半岛岬约一百米远,这个林木翁郁的半岛相当狭长,由草莓湖的北岸伸入湖中央。这时,亨利突然喊了一声"哇塞!"我们所有人的心脏简直要跳到嘴巴外面去了。你可以想像那种情景,当每个人都尽量保持安静的时候,某人突然间打破宁静大声乱叫,那真会把你吓得半死。亨利大叫的时候,杰夫正用力把船桨拉起来,结果他吓得摔了个四脚朝天,一枝桨滑落桨架,还撞到船身发出巨大的咣当声。

"后退!后退!"亨利再次大吼。

"噢,大师,就照你说的做。"杰夫回嘴说道,"可是你一定要把场面弄得这么戏剧化吗?"

"不管那是什么,我猜它还在那儿喔。"莫泰蒙镇静的声音从船尾传来，"我建议大家静悄悄地偷溜到它上面，这样才不会引起别人的注意。"

杰夫重新坐好，他开始摇动船桨，让大家回到刚刚亨利在仪器上发现不寻常读数的地点。亨利拉起磁力计，握着它站在船尾，直到我们退得够远。然后他又把拖绳放回水里。

"现在速度放慢一点。"他提醒杰夫，"我一举起手，你就再退后一点，等我叫你前进，再前进。"

我们沿着原先的路径再度折回，等到距离差不多了，亨利举起他的手，我们全都屏住呼吸。然后他示意叫杰夫前进一点点，接着再度举起手。

"好啦，这里有东西！"他很兴奋地低声说道，"杰夫，尽量维持船身平稳，我得根据两具信标读取正确的读数。"

我和莫泰蒙尽可能将两具接收器的频率调至最接近，并调整环状天线，直到我们从信标那儿接收到最强的讯号。莫泰蒙接收荷马设在湖北岸沙滩那儿的发射器的讯号，读取到三百五十度的读数；我则接收哈蒙在杰夫家的沙滩别墅中设置的发射器讯号，测得一百度。我把两个读数记录在地图边缘，然后问亨利："我们现在怎么办？"

"今天晚上做得差不多了，"亨利把磁力计收起，回答道，"我建议大家离开这儿吧。"

他的话还没说完，巡逻艇的强力探照灯灯光便扫射到我们身上。刚才忙东忙西，没注意到巡逻艇已经朝我们这边开过来了。我们全都本能地低下身子，不过船身实在不太大。光线由另一个方向转回来,又从我们身上扫过,然后轻轻地移回来,把我们固定于光束中央。手提式扩音器发出巨大的声音,声音在水面上爆裂开似的朝我们扑来,不过我们听不清楚。

"跟他们说,我们只是在这儿钓鱼啦!"莫泰蒙嗫嚅道。

"这招不会每次都有效啦!"杰夫回嘴道,他正把船桨拉进船里,"亨利,我们赶紧发动船外马达吧。"

亨利真是笨手笨脚,他还在跟磁力计缠斗,想把那些装备收好放进船底,好让杰夫有地方发动马达。巡逻艇正加快速度朝我们直直开来,我们可以听见它的马达剧烈转动的声音。

"有什么好紧张的?"莫泰蒙坚持他的看法,"他们只能叫我们离开草莓湖吧?"

"是这样吗?然后看到我们船上这一堆无线电装备之类的东西,再问我们到底在做什么,是吧?"

"你是说,他们会把我们关进牢里一整夜,那么我们至少可以吃一顿免费的早餐。"

"我就是不想被抓啊!"杰夫叫道。这时船外马达发出劈啪声,再变成噗噗声,最后像小猫一样地呜呜叫。

"往北岸的半岛方向前进!"亨利朝那个方向大力挥手,喊道,"那里有许多小湖湾可以藏身,我们就不会被发现了。"

"假如我们时间够的话!"杰夫回头瞄了亨利一眼,他同时扭转马达方向,朝右手边转了一个弯。

比赛就此开始。巡逻艇节节逼近,而我们掉头转向半岛的方向,滑行进入诸多大树和峭壁岩石的阴影底下。我们再度躲进黑暗之中，今晚没有月光，杰夫得减低速度才能看清岸边的模糊轮廓。我们可以听见巡逻艇的汽笛声，从扩音器里传出的声音仍旧不断呜呜大叫。

"杰夫，发动马达，他们快要追上来了！"亨利气喘吁吁地说道。

"我看不见前面的情形，"杰夫抱怨道，"给我一只手电筒。"

我在船底四处胡乱摸索，终于找到一只手电筒递给他。就在这时，莫泰蒙啪的一声打开他自己的强力手电筒，对准湖边照去。我们正位于半岛的北岸边缘，这里有许多陡峭的岩石、树根、巨石与掉落的树干在水岸边纵横交错，有些地方还有峭立的花岗岩壁，拔高而上直达林木生长的上限，高达八九米。离岸边较远的水域还有些坚固的尖塔状花岗岩高高突出水面；在白天，这是湖岸边最生动美丽的景象之一，但在只有星光的夜晚，看起来就不是那么一回事了。

杰夫让船身跟岸边保持一定的距离，以免不小心撞到岩石，不过我们还是得靠近岸边寻找地方躲藏，因为巡逻艇快要开到半岛岬附近了。

"那地方不错喔！"莫泰蒙大声叫道，他用强力光束照亮我们前方的湖岸，光线正对准水边一个狭窄的斜坡，那地方正好夹在两块巨大的岩石之间，大约在我们前方六十米处。

"真希望我们可以把船开到那儿，"杰夫回答，"可是我们没时间挑地方了。查理，等我一减速，你就准备接手划桨。"

我抓起一枝船桨，亨利则抓起另一枝，我们把船桨架在船舷边缘上。很靠近岸边的地方有两个巨大的花岗岩尖塔，它们后方可能有个小湖湾；就算没有，那些岩石应该足够让我们藏身其后，以躲避巡逻艇的探照光束。这是我们唯一的机会了。巡逻艇的引擎声越来越响亮，当它逐渐靠近半岛岬时，我们可以感觉到，前方的黑暗已经慢慢被巡逻艇的强力光束给驱散了。

杰夫大开油门，全速冲向两块岩石之间的缺口，而莫泰蒙用他的手电筒对准目标。大约距离六米远时，杰夫把马达改为逆向旋转，船身在水浪低处摇晃颠簸，然后他把马达关掉。于是我们安静地向前滑行，我和亨利发狂似的拼命划桨，小心翼翼地把船划进岩石之间的狭窄裂口。划进裂口时，每个人都伸出手抓住岩石表面，想把船拉进去躲起来。

可是，这里没有小湖湾！我们滑过两块岩石间，但还是置身于开阔的水域之上。

"后退！后退！"莫泰蒙叫道，我们全都发狂似的徒手划水，让船后退停在两块岩石之间。我们在那儿上下摇晃，徒手紧紧抓住岩石的背面，尽可能把身体靠在上面。巡逻艇的光线一瞬间把黑暗处给照亮了，简直有如白昼。不过我们藏匿在岩石的阴影下……几乎啦，我们的船头还是从岩石另一侧的轮廓边上凸出来，假使巡逻艇从旁边经过，举起光源回头照一照，完全不费吹灰之力就可以清楚看到我们的船头，还有莫泰蒙的大脸摇来晃去。

杰夫首先察觉到这件事。"注意看我的手势，大家把船往左边拉，"他叫道，"我们得让船绕到岩石的另一边！"

当巡逻艇在我们旁边激起汹涌波涛时，每个人都用力抓紧岩石，屏住呼吸不敢动。现在巡逻艇移动得很慢，沿着岸边小心仔细地搜查。它似乎永远找个没完,探照灯不慌不忙地在岩石间来回搜索。

"推一下!推一下!"莫泰蒙突然叫道,他还没等杰夫打手势就对着岩石表面用力推,"他们的灯光照到我了!"

我朝右边瞥了一眼,看到莫泰蒙在探照灯的明亮光束下显现黑色的轮廓。我出于本能地想要反推岩石的粗糙表面,却发现岩石不在那儿。我的双手在眼前着急地不停挥动,还可以感觉到船在我的脚下悄悄溜走。我还记得,接下来我的大身躯以惊人之势,头下脚上地栽进水里。

在没有心理准备的情况下掉进水里,你一定知道那种感觉。你大概会在掉进去的那一刹那吸一口气,然后眼冒金星地挣扎出水,随便从哪个方向冒出来都好。等到我重出水面,鼻子里满是草莓湖的湖水。我甩甩头,想看清楚最靠近眼前的东西,结果看到我本来用来藏身的花岗石岩壁。我紧抓住岩壁不放,张望四周寻找其他人的下落。他们一个个冒出头来,慌慌张张地抓住其中一块大石头。巡逻艇的灯光又照到我们附近,不过没什么收获,因为我们全都躲在岩石的阴影底下,安全得很。我们就这样紧抓住石头不放,等到巡逻艇的引擎声隐没于远方。这时,莫泰蒙发出刺耳的叫声,中断了这片刻的宁静。

"喂,你们谁有肥皂啊?我们在这里或许可以好好洗个澡耶!"他说。

"拜托,我们又不是在演喜剧!"杰夫气急败坏地说,他还咳出一口湖水,"赶快找船啦,他们随时可能回来的。"

他说得没错。我和莫泰蒙由岩石旁边一跃而出,趁小船还没漂走,把它推回两块岩石之间。这时,巡逻艇果然又绕回来查看一番。我们全都待在水里,当光线在附近来回扫射时,我们很有技巧地操控小船,并躲藏在外侧岩石的阴影里。

最后,巡逻艇以为他们看见的是一艘幽灵船,于是一阵波涛翻腾后离开了。我们用力拖拉身后的小船,把它拉向岸边,最后爬上一块小小的沙滩,这才松了一口气,大伙儿一个个倒在沙滩上。

"如果怕晚上无聊,我可以想出比这更好的方法来消磨时间。"亨利一边拧干他的牛仔裤,一边喘着气说道,"我们的其他装备有没有弄湿啊?"

"先别担心这个吧,我们得先把船藏起来,"杰夫说道,"我们还不算完全没事哩。"

"等一下怎么回家啊?"莫泰蒙问道。

"用脚走啊!"杰夫回了他一句,"我们可以沿着岸边走,不过这样比较远,或者也可以翻过小山到火鸡山路上,走回你们几个藏脚踏车的地方。我们必须把这艘船和现在带不走的装备藏在某个地方,明天早上再回来拿。"

说完杰夫打开无线电,吩咐哈蒙和荷马不可泄露今晚的事情,并告诉他们明天早上大家约在他家谷仓见面。我们沿着岸边四处张望,终于在遍地岩石与灌木丛之间找到一个小洞穴,把小船拉到里面藏起来。我们把大部分装备放在船里,然后用防水布把船盖好,只带地图、磁力计和零零碎碎的东西回去。大家得先攀登半岛上的峭壁,穿越一片偶有大石块的崎岖林地,才能到达主要的陆地,接下来还得翻过几座位于湖边与火鸡山路之间的小丘陵。经过一个又一个的惊险场面,我想一定回不去了,可是最后终于走到火鸡山路的坚硬路面上,刚好看到荷马骑着脚踏车准备回家,心里真是高兴极了。我自告奋勇跟荷马一起骑一段路,然后牵两辆脚踏车回来,这样可以节省一点时间。虽然如此,我回到家里已经快半夜了,还跟我妈妈你一句我一句吵了很久。她问我又野到哪里去了,还有为什么不能早一点回家等等。不管怎样,等到终于可以上床睡觉的时候,我的心情好得不得了,盖着棉被伸伸懒腰,心里觉得这个晚上真的实现了某种梦想。这样想着想着,很快就睡着了。不知怎的,我就是可以确定,我们已经找到了炸弹所在的位置。

然而,没过多久我们就发现,要说服其他人可没那么容易呢。

亨利的大挫折

　　隔天早上，我们所有人到杰夫家的谷仓集合，决定下一步怎么做。昨天晚上，我们用两个信标发射器测好方位角，亨利把数字仔细地画在地图上，然后在两者相交的地方标了个红色的粗线圈。

　　"我想，假如我们拿这张图到镇政府去给斯桂格镇长看，他或许会说服空军派潜水员到那儿去瞧瞧。"亨利说道。

　　"假如他们在那里发现炸弹，大家会把我们当成英雄喔！"莫泰蒙说。

　　"是啦，一定会跟上次一样，"哈蒙咕哝道，"我只不过被拍拍头，然后脚指头痛到爆。"

　　"可是根本没有其他的方法啊，"莫泰蒙评估了一下，"我还是赞成亨利的想法。"

　　经过表决，大家认为最好的方法就是带我们的数据杀到镇政府去。哈蒙气得大叫，他认为我们应该到《长毛象瀑布周刊》办公室去,把我们知道的所有事情都告诉报社,可是没人支持他。照事情后来的发展看,我们实在应该听哈蒙的话才对。

在那段时间,想要见斯桂格镇长或任何重要人物一面,根本就是不可能的事。镇政府和镇中心广场挤满了我们从未见过的人,而且这附近交通大堵塞的情形真是令人难以置信:有州政府派来的车子,有郡公所派来的车子,还有农业部的车子,空军的,红十字会的,到处都是车子。由西港空军基地派来的空军宪兵队正在帮忙指挥交通,因为普特尼警长已经人手不足了。

镇政府前面有个身穿白色飘逸长袍、脚蹬凉鞋、白发斑斑的老先生,他举着牌子在台阶上来回走动,牌子上面写着:"炸弹爆炸前请悔改!"几个新闻摄影记者和电视摄制小组对着他猛拍;而如同往常一般,还有一群衣衫不整的小鬼和几只流浪狗跟在他后头走来走去。只要晃到摄影师面前,那些小鬼就会对着镜头做鬼脸,而流浪狗则把鼻子举得高高的,对着空中呜呜号叫。我可从来没见过广场上有这么多令人兴奋的事情,除了后来有一天,我们让一个真人大小的模特儿飞过汉娜·金宝雕像的头顶,结果把创立者纪念日的游行搞得一团糟。

尽管有很多人因为太过惊慌,赶紧逃离长毛象瀑布镇,但镇上还是热闹非常。似乎每有一个人逃走,就会吸引两个人到镇上来,而其中一人或许是因为任务在身,另一个人则可能是眼看有机可乘。看看赛斯·霍金斯这个好例子就知道了。我们没多久就发现,大家之所以没办法见到斯桂格镇长或相关单位的任何一个人,最主要的因素就是在他身上。

　　赛斯·霍金斯曾经代表长毛象瀑布镇出任国会议员,时间长达三十七年。他不让任何一家报纸刊登他的照片,而唯一的一次例外是他首度进军美国华府之时,照片刊登在《长毛象瀑布周刊》和克莱柏镇的《时报》上。如今长毛象瀑布镇受到全国瞩目,赛斯立刻在相关行动中成为"随时待命"的角色,他也已经对外宣布,只要他与斯桂格镇长和马其上校磋商完毕,便会立刻举行记者会。

　　我们跟在亨利后头来到镇政府,这时一伙人正在镇政府里到处闲晃。亨利不断找人攀谈,希望有人能够相信他说的话。然而不管他跟什么人说,那些人全都回答同样的话:"听起来很有趣呀,小弟弟。你怎么不把地图拿给马其上校看呢?"可是马其上校和斯桂格镇长、众议员霍金斯一起锁在会议室里,没有人可以见到他。

　　"真是够了!"哈蒙终于说道。他从亨利手中把地图抢走,拿着它昂首阔步走出镇政府的前门,笔直地朝电视摄影人员走去,那些人正懒洋洋地躺在榆树下休息。

　　亨利呆立在原地,嘴巴张得老大,而我和杰夫则跟在哈蒙后面走出去。哈蒙迈开步伐,走下石阶,穿过街道,然后在空中挥舞着地图大声叫道:"嘿,你们这些人!你们很想知道炸弹在哪里是吧?炸弹就在这里!"

　　一大群记者和摄影师挤到哈蒙身边,哈蒙指着地图上的线条和圈圈,口沫横飞地解释那些符号代表的意义。

　　"喂,小子,你在哪里拿到这份地图的?"有个记者问道。

　　"这是我们的地图!"哈蒙凶巴巴地回答。

　　"那么是谁在地图上画了这些记号?你又怎么知道炸弹位于符

号标示的地方？"

"我们画的啊，"哈蒙说，"我们花了一整晚的时间，拖着磁力计在整个湖面上到处跑，才会发现炸弹的啊。"

"磁力计是什么？"另一个记者问道。

"就是测量磁力的仪器啦！"杰夫悄悄地说。

"喔，就是测量磁力的仪器啦，你这个笨蛋。"哈蒙说，"你们这些家伙对科学一点概念都没有吗？"

这时候，亨利也走到我们这边来，杰夫便把他推进人群中央。亨利以平静的口吻向记者解释那张地图的内容，而杰夫则用胳膊肘儿把哈蒙顶到后面去。记者之中有个大个子、瘦巴巴的男人，顶着乱蓬蓬的红发，一脸的雀斑，他对于地图特别感兴趣。

"这是真的吗？"他问亨利，"你们这些小子真的到湖面上去了？难道你们不怕放射线？"

"噢，拜托你喔！"亨利说道，"你想，那些警察下水到湖里去干吗？如果有放射线，他们根本就不会到湖里去啊！"

"说得也是。我完全没想到耶。"

"好了啦，简金斯。"有个记者很不耐烦地发牢骚，"这些小孩根本是胡言乱语。他们只不过捡到一张地图，上面刚好画了一堆记号而已，谁说他们知道炸弹在哪里？"

"我没像你那么肯定喔。"简金斯说。

"你少白痴啦！"一个背着相机的矮小男人说道，"我们得跑到头条新闻才行，而你居然跟这些小毛头鬼混，假如这时候有大消息，我们就会漏掉了啦。"

"你这是什么意思？大消息？在我看来,空军方面根本什么消息都没有发嘛!"简金斯说道,"今天说不定只能写写'一群小孩认为他们知道炸弹的位置',八成就只能跑到这种新闻了。"

"随你便吧,"摄影师说,"不过,我觉得你被骗了。这些小鬼只会扯你后腿。"

"简金斯先生,等一下,"杰夫上前一步说道,"我们干吗扯谁的后腿啊?我们绝对没有骗人,可是没有人相信我们说的话。炸弹掉下来的时候,我们正在湖面上,我们真的知道它掉在哪里;嗯,至少我们认为它是个炸弹!"

杰夫的语气带了一点不确定感,结果招来那群记者的窃笑和耳语。矮小的摄影师耸耸肩,那样子像是"我就说嘛!"然后拖着双脚走回树阴下,他的器材都放在那儿。不过他马上又跑回来了。

"嘿,简金斯,你看!你看街上发生了什么事!"矮摄影师大声嚷嚷,"哇,我得赶快把这个给拍下来!或许可以帮晨间新闻跑到一则报道了。看那边,你看那边啦!"然后他冲回树下抓起摄像机。

我们全都朝他指的方向望去,维西街那边出现了一整排黑雨伞,队伍占据了整个路面,而且一直延伸到街角。走在队伍最前面的是爱比嘉·拉瑞毕,她是"大长毛象瀑布镇花园协会"的会长,也是"自然花木之友会长毛象瀑布镇分会"的主席。她高举雨伞不断地挥舞,雨伞上头可以看到"前进再前进!"等字样。她的右后方有位身材粗壮的女士,得意洋洋地高举一把巨大的海滩伞,整把伞染成黑色,上头则漆有"草莓湖里不准进行核分裂!"字样。其他的雨伞上也写了各种标语,像"立刻找到炸弹!""喷射机滚出镇上!"以及"'炸弹'是两个字的脏话！"等。

人群从维西街两旁的商店及公司中蜂拥而出，大家都跑出来看游行队伍。有些人看了标语哈哈大笑，很多人则对她们发出嘘声，不过大多数的旁观者还是适时为她们鼓掌，帮游行队伍打拍子。拉瑞毕太太优雅地点点头，向街道两旁的掌声表达谢意，随即朝前方走去。她身后的壮女士则紧紧盯着镇政府的钟塔，依旧迈着坚定而缓慢的步伐。跟在后面的女士大多带着严正和愤怒的神情，不过还是有人在众目睽睽之下觉得很不好意思，她们听见旁观者的嘘声不禁羞红了脸，只能不断傻笑。

她们走到镇政府前与维西街交叉的丁字路口，大批摄影师和记者已经在那儿恭候多时了。不过女士们继续直直往前走，没有停下脚步，于是整群新闻记者紧跟在后，使劲地问问题并趁机拍照。矮小的电视摄影师和简金斯先生跑到拉瑞毕太太前方，他们倒退着走，以便为她拍特写镜头。摄影师只不过稍停一步，倒转录像带，拉瑞毕太太便把他推到右边，害得他一个跟跄跌倒在地，挡住了后面壮女士的去路，于是壮女士像打保龄球一般推他滚了好几圈。摄影师跌了个四脚朝天，摄像机也滑到人行道的另一边，而雨伞游行队伍的前四排继续从他右边大踏步走过去。

游行队伍在广场右边突然转向，她们在镇政府台阶前方停下来，队伍排成半圆形。女士们把手中的雨伞举高，开始大声喊出雨伞上面写的口号。拉瑞毕太太身旁有三个人护卫，她们一齐举步登上镇政府的台阶，而壮女士依旧守在她的右后方，高举海滩伞昂首阔步前进。

"走吧!"杰夫叫道,"我们得赶快找个好位子,好戏要上场了!"

我们急急忙忙穿越街上的旁观人群,爬到镇政府前方的人行道旁的树上。我的屁股刚一坐在枫树的树枝上,拉瑞毕太太也正好走到最上面一阶。她立刻与道尔管区警察来了个正面遭遇,道尔拿着警棍在背后前后摇晃,他的八字胡也随着节奏上下跳动。道尔警察两旁各站了一位空军宪兵,他们成稍息姿势站着。

"道尔先生,您有何贵干啊?"拉瑞毕太太用最傲慢的语气问道。

"我正在执勤呢,夫人。"道尔回答,他转身吐了一口咖啡色的痰,刚好落在身旁宪兵的两脚中间,宪兵的靴子擦得雪亮呢,"镇长正在跟霍金斯众议员及马其上校开会,在会议结束之前,谁都不准进去。"

"哼!"拉瑞毕太太哼了一声。

"哼!"她身后的壮女士也哼道。

拉瑞毕太太往旁边踏了一步,尖声叫道:"玛蒂达!"

"爱比嘉啊,跟我来!"壮女士大吼一声,抽身向右,钻进道尔和一位空军宪兵之间,并将他们往两旁撞开,仿佛他们是两堆稻草似的。

拉瑞毕太太把重心移往右脚,动作简直跟四分卫一样熟练,然后她紧跟在中锋后面,穿过人墙间的缺口,消失在镇政府大厅的暗影之中。

女士们群聚在镇政府的台阶下,她们发狂般地又叫又跳,还把雨伞高高伸向空中,一群人尖声叫着"打倒他们啊,玛蒂达!"还有"做得好啊,爱比嘉!"玛蒂达·普拉特,就是那个高举海滩伞的壮女士,她之所以成为众人的英雄,而且在长毛象瀑布镇声名显赫,大概有以下两个原因:第一,她的体重超过三百磅;第二,她生了十三个小孩,而且全部都是女生!学校老师总是说,他们一眼就可以看出普拉特家又有小女孩来上学,因为只要看小女孩穿的衣服就知道了。有个老师宣称,她班上已经超过十年都出现同样的衣服,可是每一年都是不同的小女孩穿那件衣服。有一年,莉莉安·普拉特念五年级的时候被留级,问题就来了。莉莉安穿了六年级的衣服,而老师根本分不出来,于是每天早上都送她到六年级的教室去,而她在那里也念得很好;过了好几个礼拜,那些老师才把情况弄清楚。

不管怎样,我们都知道好戏立刻要上场了。只要普拉特冲进会议室,那会议肯定别想开下去了,光是她那庞大的身躯就会使房间变得很拥挤。果然没过多久,普特尼警长就出现在台阶上方,迎向女士们的咆哮声和尖叫声。她们拿着雨伞上下摇动,嘴里反复诵念一句句口号,终于普特尼警长举手要她们安静下来。

"女士们!女士们!"他竭尽全力嘶吼,"请大家要有耐心!"

"我们要见到斯桂格镇长!"好几位女士一同叫道,她们冲上台阶挤到警长身边。

"我们要见到马其上校!"又有人一边推挤一边大叫。

普特尼警长毫无退却之意,不过他还能怎么办呢?你又不能在大庭广众之下推开身旁的女士。她们迫使警长后退到镇政府门前,他只好张开双臂站在那儿抵挡众人,空军宪兵和道尔警察则挡在左右两边。

"女士们!女士们!"他不断恳求大家,"我只是要出来告诉大家,众议员、镇长和马其上校都很愿意出来跟大家说话。"

"他最好快点出来,不然他就别想吃晚餐了!"人群中有个高高瘦瘦的女士气冲冲地说。

"噢!斯桂格太太,您好啊!"普特尼警长很有礼貌地摘下帽子,"真没想到会在这……呃,这群优雅的女士之中看到您哪!"这时警长已经被挤到门里面了,他只能用脚奋力顶住身体。

"好吧!算你识相!"斯桂格太太说,她拼命想要站直身子。

"你如果敢再讲那种话,以后就别想吃晚饭了!"一个矮矮胖胖的女士说道,她也推挤到群众前面来。

哈洛德·普特尼警长的嘴巴张得大大的,他气急败坏地瞪着那位女士,问道:"潘妮洛普,你在这里干什么啊?"

"我来这里听演讲啊。"

"什么演讲?没有人要演讲啊。"

"嘿嘿,哈洛德,一定要有人出来说话,不然我们是不会离开这里的。现在你赶快滚进去,把那些好心的绅士给我请出来!"

普特尼警长咕哝了几句,把帽子压回自己头顶上。他听了那些话后,竟然真的回过头去,迈着摇摇晃晃的奇怪步伐,大踏步走进镇政府里。这还是他的执勤时间哩。不到一分钟,爱比嘉·拉瑞毕和玛蒂达·普拉特便从大门走出来,她们把其他女士赶到外面台阶上,大家在台阶上排成紧密的队形,手里的雨伞举得高高的。斯桂格镇长随后立刻现身,马其上校和霍金斯众议员也跟在他身后。他们三个人之中,只有马其上校看起来比较镇定,神态十分轻松。我猜想,这是因为他不必担心有人不把票投给他。

斯桂格镇长在台阶上停下脚步，他非常紧张，手抓着衣领扭来扭去。"各位女士，很高兴今天在这里看到大家，"他说，"我敢肯定其他……"

"斯桂格镇长，大家想知道你们会如何处理那个炸弹！"拉瑞毕太太语气平静地说。

"呃，好吧！"镇长说道，"当然啦……你们想知道炸弹的事。这个嘛，我这样说好了……"

"我们知道炸弹在哪里，它在草莓湖里。我们想知道你们如何处理这件事。"她的态度十分坚决。

"噢，好吧，当然，你说的一点都没错！"镇长说道，"这个嘛，事实上啊，拉瑞毕太太，我们并没有百分之百确定炸弹掉在湖里。不过我可以向你保证……"

"如果炸弹不在湖里面，你们怎么可能找不到？"这低沉的声音来自普拉特太太。

斯桂格镇长的脸明显抽动了一下。"首先，我要向各位女士保证，目前没有任何的危险性。马其上校已经向我保证……"

"我家种的牡丹花为什么全都枯掉了？"拉瑞毕太太问道。

"我家养的鸡已经两天没生蛋了。"另一位女士说。

"水喝起来也不太对劲啊。"又有人说道。

这时候，"汽水瓶的盖子"差不多要爆开了。女士们开始高喊口号，大声抱怨，还举起雨伞用力伸向空中。接下来，她们开始按照节拍用力跺脚，没过多久又每八个人围成一圈团团转，每个人只要经过斯桂格镇长的面前，便朝着他挥舞拳头。斯桂格镇长举起手，示意大家安静下来,他也试着要开口说话,可是没人听见。

没过多久,拉瑞毕太太刺耳的叫声压过周遭的喧嚣。"我们要的是行动,斯桂格镇长,我们不要听解释!"她大声喊道。

"拜托各位女士,拜托啦……"镇长示意大家安静下来,恳求大家听他说话,"拜托大家听我说啦!"可是他的声音抵不过四周的叫嚷声,一波又一波的抱怨声浪不绝于耳。

"我家今天早上挤的牛奶都酸掉了!"

"我家的草皮变成咖啡色了!"

"我家宝宝突然长疹子,她以前从来没有这样啊!"

"还有我们都不能冲马桶了!"莫泰蒙扯着嗓子大喊。

杰夫用胳膊肘儿狠狠地顶他的肋骨,害得他差点儿从树枝上跌下来。"给我闭嘴!"杰夫咬牙切齿地说道。

"哎哟,那么白痴,你受得了吗?"莫泰蒙忍不住抱怨,"这些太太实在很夸张耶!"

"好啦!好啦!"杰夫说道,"不过她们很有种啊!我们也要找机会吸引镇长和马其上校的注意力才行。"

那些女士继续转圈圈、大声抗议,斯桂格镇长则哀求普特尼警长赶紧想办法对付示威活动,可是警长一个劲儿地摇头。

"镇长先生,你说我该怎么办?把她们全都关进牢里吗?"

"这个嘛,总是有办法的啊!喂,你不是警长吗?"镇长向他大叫。

"我当然是啊!"警长也吼道,"可是,又没人教我怎么对付女士!"

就在这时,有几位摄影师爬到台阶上,他们聚精会神地拍摄整个过程。其中有个人不停向女士们挥手,请她们把雨伞上的标语对准摄像机；另一个人则手持长杆麦克风伸到她们头顶上，要她们喊得越大声越好；甚至有一个摄影师折断树枝递给其中一位女士，还跟她说："我们拍到你的时候，你就拿树枝对着镇长摇晃，可以吗？"

一旦她们意识到有人正在摄影，每个人无不使出最特殊的招数，希望得到比别人更多的瞩目。有些人向镇长吐舌头，动作十分粗鲁，甚至有两个人对着镇长大声喊着"呸！"不过效果不大好就是了。要在这种声势浩大且震耳欲聋的场合吸引别人注意，她们还得好好练习一番呢。每个人都想在摄像机面前抢到好位置，结果有许多人撞成一团。

最后，普拉特太太走下台阶，奋力挤进人群之中。她伸长手臂拖出两位女士，用力摇晃她们两个人。突然间，吵闹声停止了，女士们又在台阶前站住不动。

斯桂格镇长清清他的喉咙，紧张地扯动衣领。然后，他的视线停在人群中的斯桂格太太身上，她刚好站在镇长面前。

"哈啰，老婆！"镇长挤出紧张的笑容面对她，还不停地扭动手指。

"亚伦佐，你说些话啊！"斯桂格太太说，"女士们全都洗耳恭听呢！"

"呃……好啊……你说得没错……"镇长说。

"所以呢？"拉瑞毕太太说。

"要不然，我来回答你们的问题好了。"镇长说，"女士们有没有什么问题要问啊？"

四周一片死寂。

"一定有人想问问题吧？"镇长说。

"我们想问的问题全都问过了啊，"另一把海滩伞下传来普拉特太太低沉的声音，"我们正在等你的答案，现在就要！"

斯桂格镇长显得不知所措，不过他的运气不错，就在这时，群众后方掀起一阵骚动，把大家的注意力吸引过去。

简金斯先生站在那儿，就是那个红头发的电视台记者，他在头顶上挥舞着我们那张草莓湖地图，而亨利就站在他身旁。当他们朝着镇政府台阶往前走时，杰夫一溜烟地下了枫树，冲到对街跟他们会合。

"我有个问题想要请教马其上校。"简金斯先生说，洪亮的声音想必每个人都听到了，"斯桂格镇长，你们说，现在无法肯定炸弹确实掉在草莓湖里，而昨天马其上校也说，潜水员已经在湖里进行了彻底的搜寻工作。上校，我很想知道，你的潜水员有没有找过草莓湖的这个区域呢？"他指着亨利标在地图上的长方形区域说道。

马其上校仔细研究着那张地图。"噢，有啊！"他说，"我知道那个区域。我收到一份报告，说有几个小男生在那附近钓鱼，他们听见有个东西掉到湖里的声音，或者该说他们以为听到声音。我们最先搜索的区域就是那里。"

"你的意思是说，也许那些小孩根本没有听见任何声音？"

"这，我就不晓得了，"上校回答，"你也知道类似这样情形的，我们总是收到一大堆奇奇怪怪的目击报告，目击者更是什么人都有。当然我们必须对大多数的报告进行调查，可是其中绝大多数都只是想像力太丰富的结果，有些甚至是故意编造的恶作剧。我所知道的是，我们已经找过那个区域了。"

"先生，抱歉打扰您一下，"简金斯先生身后传来一个尖细的声音，"你们在那里找到什么东西呢？"

亨利走出人群，面对着马其上校，上校看起来有点吃惊。"你的意思是？"他问道，然后先看看亨利，再望向简金斯先生。

"先生，我想要知道，你们的潜水员在湖里搜寻，他们有没有找到任何东西？"

"这个嘛，没有耶，显然是没有。"上校说道，他觉得十分有趣，脸上开始露出笑容。

"没有找到？可是他们必须找到某种东西啊！湖里真的有东西。"亨利的态度十分坚决。

"他们没找到，"上校无奈地耸耸肩，说，"他们彻彻底底搜索过整个湖底了，你也知道，那个区域水非常深呢。"

"我当然知道，"亨利说道，"不过那里真的有东西，而且是金属物体喔，对那个区域来说，这可是大大异常的现象呢！"

"大大什么？"

"大大异常啦，先生。我几乎可以肯定，那个东西绝对是炸弹。"

"年轻人，我不知道你在说什么，"马其上校说，这回他露出谅解的笑容，"我只能说，我们已经把炸弹掉在那个区域的可能性给排除了。"

就在这时，众议员霍金斯冒冒失失地走到人群前方，他似乎很担心他还没说话，人群就解散了。他用力张开双手，做手势要大家安静下来，然后他露齿而笑，向简金斯先生自我介绍：

"先生，如果你不介意，我必须向这个年轻人问个问题。"

"随便你问吧,"简金斯先生说,"他又不是我的小孩。"

"噢,好吧! 这个嘛,年轻人,你说你在湖上找到东西,那是什么东西啊? "

"霍金斯先生,我们并没有找到实际的物体。"亨利答道,"不过,我们确实探测到一个具有磁性的异常物体,就在地图上标示的地方。"

"噢,这样啊! 我想你也是这个意思,我只是要确定一下。"

"可是我并没有很肯定喔,"亨利说,"我只说我们发现一个异常物体。"

"噢,好吧……好啦! 就连笨蛋也知道你的意思啦。"霍金斯说道,他随随便便在亨利头上拍了几下,你几乎可以看到亨利颈背上的毛全都竖起来了,"你知道的,简金斯先生,我们这些本地人都知道,草莓湖是钓客的天堂。从这件事,我很骄傲地发现,这些年轻人,对于炸弹方面的问题及其可能产生的效应,表现了相当程度的关切……"他继续说。

"众议员,您是不是想要发表演说呢?"简金斯先生打断他的话。

"我正在说啊,"霍金斯先生接口说道,连停下来呼吸都没有,"首先,我要澄清一项事实,我并不打算袖手旁观……"

"关于这一点,您要说的我都知道啦!"简金斯先生说,"众议员先生,如果您不介意,我希望能在摄像机前请教您几个问题。"

"噢,这位先生,当然没问题啦!"霍金斯先生说道,他很亲切地脱下帽子,让人护送他走到镇政府台阶的角落。矮摄影师已经把摄像机架在活动支架上,另外有一小群记者也靠拢过来。亨利不得不跟着一起去,因为众议员紧紧抓住他的肩膀不让他走。女士们开始拥上台阶,她们全部围绕在这群记者身旁,而斯桂格镇长及马其上校则被推到镇政府大门里去了。

霍金斯众议员突然成为大众注意的焦点,他显然清楚得很。电视摄制小组都还没准备好,他就开始侃侃而谈了,结果简金斯先生只好两度打断他的话。

"先生,我想请教您几个问题,不过必须请您稍待一分钟。我们得先调整音量。"接着他在众议员面前设了一只麦克风,"麻烦您说几句话,现在开始吧。"

"你要我说什么?"

"随便,随便说什么都可以。我们只是要调整一下音量。"

"这个嘛,我不知道要说什么……嗯……我想不出要说什么耶。"

"这样很好!"简金斯先生说,他向音响工作人员比了个手势,"这样很不错,我想我们现在可以开始了。"

这时候,哈蒙和我手脚并用从那群女士之间钻出来,我们偷偷溜到一根花岗岩柱子底下,刚好在杰夫和莫泰蒙身后。群众中弥漫着一股兴奋的情绪,大家不断推挤,每个人都想知道众议员到底要说什么,或者也想质问他一些问题。哈蒙似乎也兴奋过度,他开始跳上跳下,不停对电视摄像机做鬼脸。他先是挺身而出,右臂不断挥动做手势,像是要发表演说;没过多久又忙着挤眉弄眼,像橡皮一般做各种怪表情,然后又装成斜视,把自己弄得像白痴一样。人群实在太挤了,杰夫好不容易才移到哈蒙身边,用胳膊肘儿猛撞哈蒙的肚脐部位,害得他摔倒撞在花岗岩柱子上。有时候,这个哈蒙实在有点令人伤脑筋。

简金斯先生摇晃着霍金斯众议员面前的麦克风，对它吹了几口气，然后清清喉咙："众议员先生，我要从重要的问题开始问起……您认为这颗炸弹有没有危险？"

"这是个很伤脑筋的问题，"众议员说，"我无可奉告。"

"那么，放射性危不危险？"

"这个嘛……唔……"霍金斯先生环视周围女士的脸庞，"我想马其上校已经充分回答这个问题了……唔……"

女士之中掀起一阵骚动的声浪，普拉特太太举起她手中的巨大海滩伞，开始对众议员不停摇晃。

"然而，我要指出的是……有很多因素需要考量，"他继续说道，"而我也确定，诸位美丽的女士基于很好的理由，提出她们的控诉……而且……哼哼……而且她们的意见也必须有人重视。"

群众对这句话爆出"你看吧！你看吧！"的欢呼与叫喊声。霍金斯众议员本来跷左脚换成跷右脚，看似坐立不安的样子。

"你没有回答我的问题！"简金斯先生说。

"你的问题是什么？咦，我没有回答吗？"

"没有啊！我问你放射性有没有危险，你认为呢？"

"我以为我已经回答了呢。"霍金斯先生说，他用一条很大的彩色手帕擦擦额头。

"好吧！我问另一个问题好了。你认为空军方面是否已经尽全力寻找炸弹的位置？换句话说，众议员先生，你对于空军目前的处理情形还满意吗？"

"麻烦你再说一次好吗？"

"你认为空军方面做得好不好，霍金斯众议员？"

"噢，很好啊！很好啊！空军单位一直都做得很好啊。他们做事很有条理喔，很有条理喔。"

"可是，你认为他们在找炸弹这方面做得很好吗？"

"这个嘛……他们还没找到炸弹吧，找到了吗？"

这次换简金斯先生擦额头了："我再问你另一个问题好了。你认为这些小孩是不是可能找到炸弹……而空军方面不愿意听他们的说法？"

"在这个自由的社会中，任何事情都有其可能性，"众议员说道，他又换脚了，"这也就是所谓的民主啊！我以前说过，经过一次又一次的……"

"喂，众议员先生！你可不可以直接回答问题啊？"简金斯打断他的话，"你认为这些小孩是否可能找到炸弹？"

"我正要回答啊！就如我刚才所说……"然后霍金斯先生把亨利拉到他身边，又拍拍他的头，"……我们必须在年轻人的身上寻找未来的答案，而我……"

"真是非常谢谢您，众议员先生。"简金斯从他手上把麦克风抢走，"谢谢您……我是'我看电视台'的理查德·简金斯，在长毛象瀑布镇镇政府为您做现场报道，我们刚刚在这里访问了众议员赛斯·霍金斯……"

这时，亨利完完全全受够了，你可以看到他的耳朵从乱蓬蓬的头发下面伸出来，平常可都是盖在里面的喔。他从霍金斯众议员那汗涔涔的臂弯里挣脱出来,再把简金斯先生手中的地图抢过来,然后重重地走下镇政府的台阶,越过草坪离去。好几个记者跟在他身后。你实在很不容易看到亨利抓狂的样子,而当他真的抓狂时,头皮会前后抽搐,眉毛上下跳动,因为他会一直皱着眉头,露出很深很深的皱纹,而且眼神像是可以在混凝土墙上烧穿一个洞似的。亨利这回可是真正抓狂了,他继续朝右走去,横过草坪,穿越街道,再走过镇上的广场,一直走到汉娜·金宝的雕像下方,后面那些记者才赶上他的脚步。

我们自然全都跟在亨利后面,可是在路上还得跟女士们高举的伞海奋力搏斗,要开出一条路实在很不容易。哈蒙这个家伙向来无视别人的眼光,他解决问题的办法便是扯开嗓门大喊:"大家小心啊!我快要吐了!"而他获得的回应真是快,比猎人把野牛群赶开的速度还快哪。他的面前开辟出一两米宽的小径,而我、杰夫和莫泰蒙连滚带爬地跟在他后面,赶在缺口再度合拢之前赶紧通过。荷马实在有点笨手笨脚,由于他不小心踩到一位女士的脚,被雨伞痛殴了一顿。

等到我们赶上前去,亨利正背对雕像基座站着,那些记者把雨点般的问题丢到他身上。简金斯先生忙着在人群中奋力推挤,喘着气走在我们后面,他显然也在雨伞堆中吃尽了苦头,右眼上方割出一道伤口,鲜血沿着脸颊流下来,而且衬衫背面竟然被扯掉一半。

"亨利,"简金斯先生气喘吁吁地说,"你真的知道炸弹在哪里吗?"

"说真的我不知道。"亨利说,他对另一个记者的问题置若罔闻，"对一个货真价实的科学家来说，除非他掌握了所有的事实，否则永远没有十足的把握。不过，我们确实知道湖里有个大型的金属物体，位置就在杰夫和查理听到有东西扑通一声掉进水里的地方，而当时正是演习期间。我们能够证明的就只有这些。"

"嘿！老兄，你又是怎么知道这些事的呢？"一个矮矮胖胖的记者问道，他的手臂上搭了一件外套。

"就因为有异常现象啊！"

"小弟弟，你说了好几次的'异常现象'到底是什么啊？"

亨利挖挖鼻孔说："任何不正常的事情都是异常现象嘛。就这件事来说，是指地球磁场磁力线的正常形式受到干扰。"

"哎哟，这跟我想的一样嘛！"另一位记者用讽刺的语气说道，其他人全都笑成一团。

"你是一位科学家吗？"矮胖记者问。

亨利有点不好意思，说："这个嘛，我猜我还不是啦……不过我长大以后想当科学家。"

"好吧，你要怎样证明炸弹在哪里？"

亨利的眼中闪过一丝光芒。他先看看手表，又抬头看着汉娜·金宝雕像旁那些榆树的枝丫末梢，然后摸摸下巴。

"怎么样？你要怎么证明？"另一个记者问。

"闭嘴！"哈蒙说，"科学家思考的时候，你们都不准讲话！特别是亨利思考的时候！"

"哎哟！还请尊贵的大人饶了小人我哪！"那记者说，还向哈蒙及亨利非常恭敬地鞠了个躬，"下次如果要问问题，我会记得等待两位允许之后再问啦！"

"你少废话！"哈蒙说道，他对着手指头吹吹气。

"可是，我还是想知道你们到底如何证明！"记者重复说道，他直直地看着亨利。

这时候，亨利的视线从树上收回来，双眼仍然充满光芒。他转身跟简金斯先生说："可以请你们明天早上 8 点到草莓湖畔吗？我们可以约在杰夫家别墅的码头前面。"

"如果你要让我看一些东西，那么我会准时到的。"简金斯先生说，"不过警察可能会把我们赶走喔。"

"如果有够多的记者在那里，我想他们不会赶人的。"亨利环顾四周说道。

"我也会去，"手臂上搭着外套的男士说道，"我还没看过真正的科学家如何工作呢，"他又补了一句，还向他的同行眨眨眼，"特别是疯狂科学家喔！"

"也算我一份吧。"其他几个记者说。

"亨利，只要你有东西秀给我们看，镇上所有的记者都会去的。"简金斯先生说，"我们目前知道的所有事情，都是空军方面的说法，我都快被我的新闻主管给骂惨了！"

"简金斯，照片怎么样？"矮摄影师戳戳他的肋骨说道。

"说得也是。亨利，你有没有照片啊？如果我们没有画面可以拍就完蛋了。"

"如果一切顺利，你们就会有画面可以拍。"亨利说。

"'如果一切顺利'，这是什么意思啊？"

"明天早上就会知道了。"亨利说,"走吧,杰夫,我们可有得忙了。"亨利穿过广场,走到我们停放脚踏车的地方,留下我们手忙脚乱地跟在他后面。

像鲸鱼一样大的鲑鱼

我永远不会忘记那个夜晚，当然也不会忘了隔天的早晨。一旦有个想法钻进亨利的脑袋里，他就会一个劲儿地向前冲。他开始下了一堆这样那样的命令，而你根本就没有插话的余地，不过如同每次最后的结果，我们都知道，他做每一件事都是很有计划的。

我们从镇上广场骑脚踏车离开后，亨利含含糊糊地说了一大堆话，基本上他是说给杰夫听的，不过你感觉得到，亨利其实希望我们每个人都可以听见他说的话，因为他不时会转过头来，看我们其他人有没有跟上来。

"我不喜欢那个叫你'疯狂科学家'的笨蛋！"趁亨利终于停下来喘口气的时候，我赶紧插了一句。

"管他的！"亨利说道，"假如他们真以为我们有点神经，说不定还比较好。不管怎样，他让我想到一个好点子。"

"你在说啥？他说了什么话让你觉得大受鼓舞吗？"

"没有啦,不过当他问我要怎样证明的时候,我开始认真思考,突然间我就想到一个点子。如果现在让他们觉得我们有点神经,那些人就会等不及想知道,明天早上有什么好戏可看。"

"到底有什么好戏嘛?"哈蒙问道。

"等我们到杰夫家的谷仓再说吧,"亨利说,"绝对不能让任何人知道我们的行动,所以小心别让人听见。"

"你的意思是说,这是'最高机密'行动?"

"没错,这是最高机密。"亨利说,"如果这样说会让你比较高兴的话,就算是吧。"

"哇,好家伙!"哈蒙说,"我等不及要告诉我那白痴堂弟了。"

"喂,哈蒙,你的头真像个胡瓜耶!外面是硬的,而里面竟然是软的!"杰夫说,"亨利就是叫你别让任何人知道我们的一举一动,当然也包括你堂弟在内啊!"

"谁说的?"哈蒙说道,"如果说是秘密就不能告诉其他人,那秘密有什么用啊?"

没人想回答他,其他人只是继续踩脚蹬子。回到杰夫家后,我们把自己锁在小屋里。

"喂!哈蒙,你这个堂弟人怎么样啊?"亨利问道,他又把自己安顿在旧钢琴椅上,脚掌钩到椅脚后,"我们可以信任他吗?我们今天晚上还需要其他人手帮忙。"

"只要一直给他吃东西,你就可以相信他。"哈蒙说,"我跟杰夫说过,他的食量很大喔!"

"如果我们让他加入秘密行动,他会不会跑出去跟全镇的人说啊？"

"连我都不知道自己在干吗，那他怎么会知道我们在干吗？"

"好啦！好啦！"亨利说，"等我把整个计划想清楚，马上就会告诉你们。你先去把你堂弟找来吧。我们得把可以帮忙的人都找来才行。"

"喂，你回来的时候，可不要忘记通关暗号啊，"莫泰蒙说，"忘记暗号就进不来。"

"好啦，暗号是什么？"哈蒙问。

"我们也没想好，不过等你回来的时候就会想好了！"

墙上钉了一个老旧发霉的马鞍，哈蒙把它拉下来，不偏不倚地丢到莫泰蒙身上，而莫泰蒙像接篮球一样抓住马鞍，又把它扔回去，速度快到哈蒙差点就被马鞍砸个正着，幸好他及时溜到门外去了，而马鞍则重重地摔在门框上。屋外传来哈蒙从未有过的惊人的嘲笑声，然后他便骑着脚踏车到镇上去了。

"喂，玩笑开够了吧？"杰夫说，"我们还有很多事要做呢。亨利，你该公布计划了吧？"

亨利又开始瞪着屋顶暗处的横梁了，不过这次他很快就回过神来，摘下眼镜擦了擦。"这个嘛，就我看整个情况，"他平静地说道，"我们得要点引人注目的招数，那些人才会相信我们不是空口说白话，否则我们不会有任何进展的。不过，我们要做的第一件事，就是先向自己证明，我们不是空口说白话……意思是说，我们非找到炸弹不可！"

"怎么找啊？"荷马冷笑了一声，"湖面上随时都有警察开着船晃来晃去,而且说不定到处都有放射线耶。还有湖底可能不止三十米深噢⋯⋯我们不可能找到的!"

亨利的嘴角挂着浅浅的微笑。每当有人像荷马那样一堆蠢话冲口而出时,亨利就是这副模样。他花了点时间很小心地擦着眼镜。"我认为有几件事已经很确定了,"他把眼镜推回鼻梁上,"第一,现在已经证明,如果我们在晚上行动,警察抓到我们的机会是很小的。第二,我已经跟简金斯先生说过,假如湖里真有危险的放射性物质,警察就不敢在湖面上逗留了。不管怎样,如果有放射性,我们的计数器一定会有反应,而到目前为止显然没有。第三,杰夫跟我说,当他、哈蒙和查理划船回到现场准备潜水时,船锚只沉入湖底大约九米深,然后就被普特尼警长赶出草莓湖了。"

荷马看起来有点尴尬。不过反正也没人觉得他可以像亨利那样通晓世事。"噢,原谅我吧!"荷马合拢双手作出求饶状,"假如每件事都如您所说的,那么恳请尊贵的陛下向我们解释,我们打算怎么做呢?"荷马讲了一大串话,还用了非常华丽的词藻。

"嗯,事情没那么简单。"亨利说,"所以我们需要更多的帮手,而且我们做事要很有条理才行。我想,现在必须马上决定谁负责发号施令,而且先把每个人要做的事情分配好,绝对不能有任何遗漏。"

"好主意!"莫泰蒙说,"我们干脆趁哈蒙不在的时候,投票决定人选,等他一回来就告诉他谁是老大。"

"我们何不组成一个俱乐部呢?这样我们就可以申请许可证,可以订立章程、细则之类的玩意儿!"荷马说道,"而且任何事情都可以投票表决,还有……"

"那干脆订个'人权法案'怎么样啊?"我大声叫道,想要盖过荷马的声音,"如果没有订立人权法案,你就没有任何保障喔!"

"唉哟!"莫泰蒙说,"那样一定会吵得不可开交啦!我们俱乐部需要的是保守秘密吧,这我最在行了!"

"举办几场政见发表会如何?"荷马在房间另一头的马鞍架上又叫又跳,"在人类重要的发展过程中,我们的祖先在这块大陆上创建了比较理想的国家,而且建立司法制度,确保国家安定,并营造了所有人一律平等的……"

"喂,荷马,你根本就搞不清楚情况嘛!"杰夫扯着嗓子狂吼,他手里拿着生锈的马镫,在他面前的水果木箱上猛力敲击,要求大家维持秩序。

小屋里突然安静下来,只听到莫泰蒙用尖锐短促的声音说:"我选杰夫当主席!"

"我也赞成!"我说,"我还要提名亨利当副主席和首席科学家。"

"我没问题。"荷马说道,他从马鞍架上跳下来。

"我提议咱们就这样勉强通过吧。"莫泰蒙说。

"我想,你的意思应该是'全体通过'吧。"亨利说,他的脸上又浮现出那种浅浅的微笑。

"不是啦,"莫泰蒙说,"因为你只被提名当副主席啊。好吧,就算全体通过好了,在第一次会议记录上,这样应该比较好听啦。"

而这便是"疯狂科学俱乐部"成立的经过……如果你想要这样说的话。就在此时,哈蒙和他堂弟费迪一起出现了,而我们已经把所有的事情都敲定了，荷马正在装汤的纸盒板上做记录。我们俱乐部的博物馆里还有这种装汤的纸盒，就跟我们找到的大恐龙蛋、草莓湖水怪留下的一点外皮、飞碟魔幻兽的操控系统以及其他一大堆旧东西放在一起。当然，长毛象瀑布镇的空中飞人也还站在布雷克街"麦克·柯克伦休闲台球场"的橱窗里，我们把那东西借给台球场作永久展示。

等到哈蒙把小屋的门撞开，我们才发现他不止带了一个人回来，而是两个人，另外那个人又瘦又矮，头上顶着稻草般的粗硬金发，而且鼻子上有雀斑。我们都知道，他不可能是哈蒙的堂弟。

"胖的那个是我堂弟费迪，"哈蒙向大家介绍，"这个小子是丁奇·卜瑞。他看起来貌不惊人，不过他可以爬进宽仅三十厘米的窄通道，而且他爬旗杆的速度超快，你还没数到十，他就已经爬到旗杆顶了。除非丁奇跟着一起来，不然费迪说他不要来，所以他们两个人就一起来啦。"哈蒙说完便坐到箱子上，一边扇着风。

"你是怎么把门撞开的啊？"莫泰蒙说道。

"我不知道通关暗号，所以就用我的头喽！"哈蒙回答他。

费迪·摩顿一屁股坐在老旧的桃子篮上，他也开始不停地扇风；丁奇则杵在大门旁边，直挺挺地靠墙站着，摸摸鼻子，眼睛一会儿看窗外，一会儿又抬头看看天花板和其他地方，但就是不看我们。

我觉得他并不是害羞什么的，不过他看起来很想躲在随便什么东西背后似的，或者恨不得钻到地板下面去。

"亨利，你现在总可以告诉我们要做些什么事了吧。"哈蒙说道,看来他终于不再喘气了,"费迪不太能讲话,因为他喉咙痛,而这个丁奇很怕讲话,所以你不用担心他们会把计划讲出去啦。"

"等一下!"杰夫说道,他又用生锈的马镫使劲敲着木箱,"哈蒙,我忘了告诉你,你刚刚出去的时候,我们开了一个小小的会议,而我当选主席了。所以呢,以后就由我来决定做事的顺序,我也会考虑该由谁来说话。"

"有多少人选你啊?"哈蒙说。

"他得了五票。"莫泰蒙插嘴说道,"我们知道你会选你自己啦,所以我们算你得一票,结果就是五比一,杰夫当选。"

"有道理!"哈蒙说,"至少我知道你们这些家伙是可以讲道理的。"

"好啦!"杰夫说,"亨利,现在你总可以告诉我们要做什么事了吧?"

"这个嘛,就像我刚刚说的,我们要做的第一件事,就是要证明我们确实知道炸弹在哪里。"亨利说,"意思就是说,我们必须回到湖面上,在磁力计讯号很强的那个地方潜水下去找。我们只能在晚上做这件事,而且我觉得应该马上进行。"

"你是说今天晚上?"哈蒙问道。

"就是今天晚上!"亨利说,"我们还有一个下午可以准备,不过要做的事情很多,还得找来很多装备。依照我的估计,我们需要两艘船才行,而且必须带着磁力计,这样才能确定我们搜索的地方没有错……我们至少需要三个人带着氧气设备潜下去……还有,我得去克林顿镇跟朋友借水底照相机……嗯,我们必须用同样的方法在岸上架好信标发射器……对了,我们要收集一些尼龙绳,在大气球里面塞进瓦斯弹,还要几个小型爆裂物,还有……唉,我现在没办法把所有事情都讲清楚，不过刚才在等哈蒙回来的空当里，我已经列好一张清单，现在我们就来分配工作吧。"

丁奇终于不再看窗外了。他很吃惊地瞪着亨利看，两只眼睛突出来，简直跟青蛙一样，不过他也没忘了摸摸自己的鼻子。荷马用超快的速度做着记录，已经把纸板的正反两面都写满了，这时他向亨利挥挥手，要他稍等一下再讲。

"好吧，好吧！"杰夫说，"我们先把荷马送到北岸去架设发射器，这样他就可以赶回来帮其他人的忙。架在我家别墅的那个发射器还在原地，所以我们只要派一个人在晚上偷溜进去，把它打开就行了。派哈蒙去不错。"

"你的小船还藏在半岛的洞穴里，"莫泰蒙说，"我们到哪里去找另一艘船啊？"

"用借的啊，"杰夫说，"我家小屋旁边的码头上停了很多不错的船，现在这种时候根本没人会用到船，所以他们不会知道我们借用过。不过有个问题，船上一定没有马达。"

丁奇怯生生地举起他的右手。"我老爸有个马达。"他用细细小小的声音说道。

所有人都转头看着他，他整张脸红到发根去了。

"哪一种马达？"杰夫问。

"我不知道耶，不过它几乎不会发出什么噪音，因为我爸都是用它在芦苇丛里钓鲈鱼。而且连我都可以很轻松地把它抬起来喔。"

"那就够小了！"亨利说，"你爸肯把它借给我们吗？"

"那当然！"丁奇很得意地说，不过他马上皱起眉头，"我们最好在他回家之前溜回去拿。"

"好啦,不管怎么样,"莫泰蒙说,"我们也不希望他担心啊。"

"就这样吧!"杰夫说,"莫泰蒙,你跟丁奇去他家拿马达,把它搬到这里来。今天晚上,我和哈蒙会把两个马达一齐搬到湖边去,等到天色够暗了,我们就偷偷解开一艘船,然后划过整个草莓湖直奔半岛。亨利,还有其他的事情吗?"

"我们其他人得出去找氧气设备和所有的无线电装备。"亨利说道,"可是,我们有办法背着所有的装备翻过小山丘吗?而且还得下到我们藏船的那个洞穴,爬那段路是很费力的呢。杰夫,我想我们得重新计划一番。"

"好吧,你有什么建议?"

"你们把船划到火鸡山路附近的小沙滩那儿,到那里跟我们会合,就是上次我们出发的地方,怎么样?"荷马说,"那么,你跟哈蒙可以载我们绕过整个半岛,就用你们偷来的那艘船。"

"别听他的,别听他的,他根本是'脑力如豆'!"哈蒙说道,"我们上次也是从那里出发,差点就被抓住啦。那个地方太显眼了。不只是这样……唉,一艘船就跟荷马的脑袋一样,容量很有限嘛,根本没办法载八个人,更别说还有亨利要带的一大堆垃圾。"

"我不知道哈蒙是怎么想出来的,不过他说得没错。"杰夫说,"我们得想想其他的法子。"

"啊,我想到了!"亨利本来又开始凝视天花板了,这时突然敲敲自己的下巴说道,"我们沿着火鸡山路走,一直走到大马路沿着草莓湖北岸弯过去的地方,刚好是锌矿场的旧铁道跟火鸡山路的交叉路口。那里有一条泥土小径可以通到湖岸边的沼泽区,从沼泽区涉水走到半岛上就没多远了。那附近水很浅,所以警察的巡逻船没办法开进去,我想那里是蛮理想的地点。"

"听起来不错耶!"杰夫说。

"好!现在就来看看我们的行动内容。"亨利继续说道,他倾身向前,让钢琴椅的前脚着地,然后用手指头在灰尘上面画着示意图,"我们先沿着火鸡山路到这里,莫泰蒙和丁奇从这里翻过小山丘,到洞穴里把杰夫的船拖到灌木丛外面,而其他人则继续骑脚踏车到湖的北岸。你们的两艘船就在那里跟我们会合,等一下我会把地点标示在地图上。荷马在北岸架好信标发射器之后,也到那里跟大家会合,所以你不必太早出发,就先帮我们收集各种装备吧。"

"哈哈,亨利,那样可以让他动动超级大笨脑啦!"莫泰蒙说,"我赞成让荷马多做一点事!"

"哇,看你搞定这些事的样子,你一定比恺撒将军还要厉害!"费迪用钦佩的眼光凝视着亨利,"他们是怎么称呼你的?一级棒亨利吗?"

听到这句话,我知道费迪算是取得俱乐部成员的资格了。

那天傍晚天色将暗之际,除了杰夫和哈蒙,每个人身上都背满了潜水和无线电装备,骑着脚踏车在火鸡山路上奋力踩踏;荷马则爬行穿越草莓湖北岸的一片树林,负责在基准点旁边架设信标发射器。骑了不到三公里,我就发现丁奇一个人落在后面,我得不断绕回去催促他骑快一点,不然就赶不上大家了。到最后,我几乎把他的装备全都接过来,把其中一些绑在我的车把上,这样他才能继续骑。我一下子就看出丁奇的问题出在哪里了，他的两只脚完全不能配合脚踏车的高度。他不想骑儿童脚踏车，免得别人看了还以为他还没离开幼儿园呢，所以他叫他老爸买了一辆中型车。可是他坐在椅垫上，两只脚根本就踩不到脚蹬子，结果只好站着骑脚踏车，那样会比坐在上面骑要快很多。

幸好目的地不算太远，我们先在莫泰蒙和丁奇要翻过的那个小山丘旁停下来，他们要先到藏放杰夫家小船的洞穴去。丁奇的身材正适合那里的地形，他和莫泰蒙勉强钻进路旁的灌木丛中，两人开始艰难爬行。我们其他人则继续往前骑，并轮流牵着他们两人的脚踏车前进。

等到我们抵达锌矿场的废弃铁道时，天色已经完全暗了下来。亨利把脚踏车骑到路的左边跳下来，铁道旁边有条平行的小径，我们便沿着小径走。

"快一点啦！"亨利用粗哑的声音低声说道，"大家赶快离开马路，免得有车子经过看到我们！"

亨利的话才说完，只见一辆车子便以高速驶近，转弯时轮胎还发出尖锐刺耳的声音。火鸡山路突然让车子的前灯给照亮了，我赶紧趴到灌木丛里，顺手把脚踏车拖进来。可是费迪动作慢吞吞的，他竟然还站在路边，等到车子转过弯来，亮晃晃的光束就笔直地照在他的肥脸上。这是一辆隶属空军的轿车，车子的驾驶员一看到他，便猛然紧急刹车，轿车发出刺耳的吱吱声，不过还是滑了大约六十米才停下来。"费迪，站在原地别动！"我像是自言自语地轻声说道，"不管怎样都不要跑喔！你就跟他们说，你从克林顿镇来，正在往家走的路上。"

那辆车开始倒车，坐在前排乘客座的人拿着强力手电筒往窗外照，然后对准了费迪。他看见费迪靠在脚踏车上，正在津津有味地吃香蕉，其实他刚刚从衬衫里把香蕉掏出来。车里有两个空军宪兵，他们把车子停在费迪旁边，拿手电筒的宪兵问道："小弟弟，你到这么远的地方做什么？"

"我正在吃香蕉啊。"费迪说。

"我当然知道啊，你这自作聪明的家伙！"空军宪兵说道，"我要知道，你一个人在这里做什么？"

"我肚子饿了，"费迪说，"所以我停下来吃香蕉，等一下要回家去。"

"你家住在哪里？"另一个空军宪兵问他。

"长毛象瀑布镇啊，大多数的时候啦，"费迪说，"我都会去克林顿镇骚扰我的朋友。"

这时候，宪兵用手电筒来回照射路边的灌木丛，确定没有人跟费迪在一起。我不敢呼吸，连一块肌肉都不敢动，心里希望刚刚确实用叶子把脚踏车的金属部分都盖住了，不然可能会反射光线。

"喂，你真的很自作聪明耶，"车子驾驶员说道，"脚踏车上面那堆东西是什么？"

"你有搜索令吗？"费迪问道，他嘴里塞满了香蕉。

拿手电筒的人突然狂笑起来，然后他把手电筒啪嗒一声关掉。"哈迪，你真是败给他喽！"他说，"走吧，我们该走了。"

"好啦，好啦！"驾驶员说，"喂，小子，你给我听好了，马上给我回家去。我们正在路上巡逻，要确定没有人从这里到草莓湖去。我们就是因为这件事才会问你问题，我猜你应该听说过炸弹的事吧？"

"喔，听过啊。"费迪说。

"喂，这样好了，你干脆把脚踏车放进我们的后行李箱，我们让你搭个便车吧。我们载你回去一定快多了，不然你还有一大段路要骑哩。"

"不用啦，"费迪说，"我妈妈叫我绝对不要搭陌生人的便车。"

"噢，胡说八道！"驾驶员说道。这时候他已经发动了车子，随即朝镇上方向开走了。

"他们两个人是不错啦，有点笨就是了。"费迪跟我说。我们沿着小径向前走，得赶紧追上亨利才行。我们那时候根本不晓得他们两人有多"不错"，因为没过多久，他们又绕回来看看费迪有没有乖乖回家，结果他们发现费迪不见了。

"真是好险哪！"我们一追上去，就听到亨利这样说，"不过你处理得很好喔，费迪，真是太酷了。"

"我跟警察过招，是绝对不会搞砸的啦！"费迪说，"我还蛮喜欢跟他们讲话呢！"

又走了几步路，面前出现一条旧时开辟的运输通道，朝铁道左边延伸下去，因此我们又可以骑上脚踏车了。小径上杂草丛生，很多地方都有低矮的树枝，幸好路面上是白色的沙子，认起路来才不会太困难。

我们很谨慎地绕过各种障碍。"你们跟紧一点！"亨利低声警告，"我记得这附近有不少岔路，有些路还会通到一些泥沼地，如果没有跟紧就会迷路的。还有，不准用手电筒！一旦有人从湖面上看到这里有亮光，会怎么样就不知道了。"

我们骑得很慢，四周只有轮胎与沙地接触所发出的微弱吱嘎声，偶尔还有费迪的打嗝声。

"拜托你不要再打嗝了。"我说了他两句，"你每次一打嗝，我就会闻到香蕉的味道。你该知道警察也有鼻子吧，难道你想泄露我们的行踪？"

"嗯，这就是我喜欢吃香蕉的原因。"他嘀咕个不停，"吃完很久之后，它们的味道还是很不错哩。"

"咦，对了，最后你把香蕉皮丢到哪里去了？"

"那两个宪兵忙着笑我的时候，我就把香蕉皮丢进车子的后座啦。"

"你们两个，给我闭嘴！"亨利简洁有力地说，"我们现在快到沼泽附近了。你们要睁大眼睛看清楚了！"

等我们终于到达亨利指定的集合地点时，荷马早就到了。这里有个干燥的凸起圆丘，伸进辽阔且清朗的主要沼泽区内。附近长满了高大的沼泽植物，间或出现几座小孤岛，因此从湖面上看不到我们这个地方。不过假如你认得路，就可以由一条狭窄的水道进到这里，这里距离宽阔的湖面大概有四百米，而且可以原路回到湖上。圆丘上面有几棵大树，边缘则生有茂密的矮树和灌木丛；此外，圆丘面向湖岸的末端有块小空地，因受树丛遮挡相当隐秘，而从那里穿越树丛往回走，只消走个几百米就会回到沼泽边的运输通道。如果需要的话，我们可以很容易地在树丛中砍出一条小路，而且由于灌木丛相当密实，从旁边任何方向都看不出有路。这里真是执行秘密任务的好地点。之所以会发现这个地方，当然全都归功于亨利。他平常喜欢在树林里到处闲晃，四处收集稀有的植物和蝴蝶。可以说，长毛象瀑布镇里应该没有人比亨利更了解草莓湖沿岸地区的地形了。

荷马坐在空地的一角，背靠着一块大石头，他正神经兮兮地伸长脖子东张西望。我们离他还有五六米远，这时费迪刚好打了一个嗝，把荷马吓得整个人弹了起来，活像是被红蚂蚁咬了一口似的。

"是谁啊？"他用高亢、尖锐的声音问道，听起来像是快哭出来了。

"蒂帕卡努！"

"史基纳马鲁！"荷马终于松了一口气。我们跨出树丛走到空地上。

"天哪！这里真的有鬼耶！"荷马说，他连站都站不稳，"我已经等了半个多小时，你们这些家伙到哪里去了嘛？"

"我们被军事当局给绊住了，"费迪说，"你还需要什么借口？"

"我干吗要借口？我一直都在这里耶！"

"你到这里不可能超过十分钟吧，荷马。"亨利平静地说，"现在才9点，我想我们的时间刚好。现在如果两艘船马上就出现，我们就算是完全按照计划行事了。"

"他们在湖上怎样才能找到水道穿过沼泽呢？"费迪问。

"不会很难啦，"亨利说道，一边在圆筒袋里仔细翻找，他刚刚费了九牛二虎之力才把这个袋子拖出灌木丛，"你有没有见过这个？"

"看起来像是某种灯，"费迪说，"这是什么？"

"这是某种灯。噢，好吧，"亨利说，"准确地说，这是红外灯。你用肉眼看不到它发出的光，但是，如果通过红外线滤镜把其他所有的光线都吸收掉，你就可以看见它啦。"

"哇塞！"费迪叫道，"亨利，你真是个天才！"

"我才不是呢。可是我很希望我是个天才。"亨利说道，"现在开始，用电线把电池串联起来，我们才有足够的电压让它发亮。喂，荷马！你到那边的大橡树上找一块视野开阔的地方，我们要在那里把灯光投射到湖面上。"

费迪听不懂亨利说的"串联"是什么意思，于是我帮了他一点忙，把电池都接好了；荷马这时候已经在树上架好红外灯，垂下一条长长的电线，我们便把电线接在电池上。

"咦，刚才我看杰夫没有戴眼镜啊，"费迪差不多是自言自语地说道，"他要怎样才能看到这盏蠢灯啊？"

"他和莫泰蒙都带了望远镜，望远镜上面装了红外线滤镜。"亨利向他解释，"他们可以看得到，没问题的！"

"哇塞！亨利，你还有什么事没想到啊？"

"总得有人这样啊，"亨利说，"而这就是'缜密计划'跟'大纰漏'之间的差别啦。喂，查理！打开你的无线电，他们可能马上就要跟我们联络了。"

我把听筒的电源打开，并仔细聆听，但是除了嘈杂声和偶尔出现的静电干扰外，什么声音也没有。

"我们现在只能等一下了。"亨利说。

我们没有等太久。没过多久，我想我确实听到一个微弱的嗡嗡声，而且是从湖面方向传过来的，听起来像是小型船外马达发出来的声音。我试着用无线电呼叫。

"印第安酋长！这里是超级大人物！请回答！"

"这里是印第安酋长！"他们回答了，"请讲！"

是杰夫！我赶紧把无线电交给亨利，他问杰夫知不知道莫泰蒙和丁奇现在人在哪里。

"我希望他们跟在后面。"杰夫说，"如果那艘船不是他们的就糟糕了，因为有人正在跟踪我们！"

"不要紧张啦，印第安酋长。"亨利说，"如果他们是'客人'，现在应该会拿灯照你们才对！"

"哈，超级大人物，你们好啊！"另一个声音说道，"这里是海象！准备到湖里打捞，我们已经进入浅水域了！"

"喂，讲话小心一点！"亨利说，"你没法知道谁能听见我们说话。"

"对不起啦！"莫泰蒙说道，"我是要说'把地毯铺好！我们正在大道上！'"

"这还差不多。"亨利说。

通过红外线信标及亨利的指令，杰夫和莫泰蒙都稳稳地驾着小船，穿越迷宫般的小岛，通过沼泽区的水道，小心翼翼地驶入圆丘岸边的小缝隙。我们把所有的装备都搬到船上，然后大家在小空地上集合,彼此挨着肩围坐成一圈,聆听亨利下达最后一批指示。

"杰夫、莫泰蒙和查理准备潜水,"他说,"其他人则随时提高警觉,注意他们有没有安全回到水面。我们会用绳索追踪他们的位置,而绳索也可以用来彼此传递指令。除此之外,他们三个人也要用绳子绑在一起,如果其中一个人发生危险,其他两个人马上就会知道。在晚上潜水是不可能太安全的。杰夫和莫泰蒙先潜下去,而查理则等到其中一个人休息再潜水;如果他们两个人找到炸弹,那么查理就带着相机潜下去,想办法拍张照片。只有一个问题要想办法解决。"

"什么问题?"荷马说。

"一旦潜水的人还在水中,而警察突然出现了,我们就只能赶紧逃跑,想办法回到我们昨天晚上藏身的那个洞穴。意思是说,我们必须把绳索切断,而大家就只能求老天保佑了。此外,绳子拉四下就表示水面上出现状况,那么潜水的人必须自己想办法回到半岛去。"

"多谢你喔!"莫泰蒙说,"你让我加入的时候,我还真没想到会讨论到这种事哩。"

"我也是啊。"亨利承认,"不过,我们实在没时间把所有事情都搞定,而且……如果我先前就跟大家说清楚,你们一定不会来的!"

"你看,小子,什么事都逃不过亨利的掌握吧!"费迪悄悄跟丁奇说。丁奇坐在地上非常吃惊,嘴巴张得老大。后来他终于点点头,准备回答费迪的话,可是突然有只蚊子飞进他的喉咙里,这下他只能拼命咳嗽，还不停发出咳咳声。

"据我估计，从潜水的地方到半岛岬还不到三百米，"杰夫说，"如果我们连这样的距离都游不到，就不该潜下水去。"

"我想，只要你们待在水底，等待警察的巡逻艇开走，就不会有什么问题的。"亨利说，"我们会把警察引到半岛的西侧去，你们就可以浮出水面，游回岸边。"

"希望他们追起来速度很快，"莫泰蒙补充说道，"我们背的氧气筒每个只能撑三十分钟。"

"如果你们都不呼吸，那就足够用啦。"哈蒙说。

"而且有喝不完的水喔！"荷马低声窃笑。这时候，亨利和杰夫起身走到两艘船边。

我、杰夫、莫泰蒙和费迪搭其中一艘船，潜水装备也都在这艘船上。另一艘船则是指挥船，哈蒙负责控制潜水绳，荷马操作指引方向的无线电接收器，亨利则是指挥官。丁奇坐在船尾听取亨利的指示，负责看磁力计的读数。

我们把粗麻绳捆在桨架上，这样才能安静地划出沼泽区，进入湖面的开阔水域。除非我们必须逃命，否则基本上不打算用马达，而目前的情况看起来似乎也用不上。那天晚上不仅没有月亮，连地面低处也已开始累积薄雾，一缕雾气缓缓飘至水面上来。薄雾会干扰我们的行动，不过假如真有什么状况，薄雾也会使巡逻艇的搜寻工作变得不太容易进行，说不定他们今晚就不会出动了呢。

"等到气温再降一点，雾气就会变得更浓，我希望会是这样。"亨利说道，我们这时候已经划到湖面上了。

那天晚上，"亨利·摩里根"这个名字已经成为全国几百万个家庭茶余饭后的热门话题，不过我们当时对此一无所知。《长毛象瀑布周刊》描述了镇政府前的妇女抗议游行，这是它们当天的头条新闻，不过国内其他晚报的头条则用了一则语带嘲讽的标题——《当地"科学家"宣称已知炸弹位置！》几天之后，有人拿报道给我们看，简直把我们给气炸了，不过我们那时候忙得根本没时间伤这种脑筋，况且亨利早就让写那篇报道的记者出了丑。

我们以非常缓慢的速度划离半岛岬，每个人都瞪大眼睛寻找巡逻艇的蛛丝马迹；亨利早已命令大家不准讲话，这样一有马达的声音就可以清楚听见。沉默与浓雾令我毛骨悚然，仿佛我们已经跨越冥河，进入到另一个世界里。其实我们全都明白，这话或许一点也不假，因为草莓湖根本就是我们不该来的地方，而且我们正驶向从未潜过水的区域；如果我们运气够好，或许会在湖底找到一颗原子弹，然而只要一个不小心，就可能让整个长毛象瀑布镇跟着炸光光。

驶离半岛岬大约几百米之后，我们就得开始精确定位了。这时候大家心跳加速，有点紧张，特别是因为荷马让指挥船一会儿前进，一会儿后退，一会儿又绕圈子。他尝试利用岸边两架信标发射器的讯号，使小船朝着正确的方向前进，不过最后还是得由亨利出马来操控：他先用其中一个讯号定位，搭配罗盘确认读数，然后沿着正确的方向笔直前进，直到我们又拦截到另一个信标发出的讯号。我紧张得直冒汗，觉得有一股寒意爬遍全身，而且显然不是只有我这样。莫泰蒙和杰夫把氧气筒固定在背上，我注意到他们两人打了个寒战。不过费迪仍然安坐在船上，他把船桨的一端搁在膝盖上，正在专心挖鼻孔。

最后亨利查看了磁力计上的读数，于是我们下锚。这回船锚还是落在水底下大约八九米深的地方。

"你们几个家伙说得没错，这里并不深。"亨利说。

杰夫和莫泰蒙翻过小船侧边，轻轻地跳进湖水里。我把照明灯递给他们，再帮他们把绳子系好，而哈蒙和费迪则忙着将两艘船固定在一起。随后杰夫和莫泰蒙一翻身，像海豚一般潜入水里，无声无息地消失在暗沉沉的湖水中。我可以看到他们的光源潜沉在水底深处，有一阵子那亮光像是微小的针头一般，四周环绕着大大的圆形光环。等到他们潜得更深、湖水更黑暗时，就只剩下隐约的微弱光芒了，那样的光线顶多能让我们知道潜水人的大概位置。我们在船上等待，尽量保持安静。

大约过了十分钟，莫泰蒙浮出水面并爬上小船。"查理，换你潜下去，"他跟我说，"我要跟亨利讨论讨论。"

"你在下面看到什么？有什么东西吗？"我问他。

"那里的地形突然向下降，非常陡峭，"他指着船尾方向说道，"看起来像是很陡的悬崖。我们潜得很深，可是不知道还有多深才会到湖底。那可能是个很深的洞喔。"

"我觉得那不是洞，"亨利说，"我猜想这附近全都一样深，我们只是刚好把船锚下在水底的山脊上，也就是从半岛延伸出来的地段，所以才会这么浅。"

"或许是这样吧，"莫泰蒙说，"不过，杰夫希望你们用锤线放一盏灯下去，我们才有办法辨认自己所在的位置。"

　　我翻过船边，沿着杰夫的绳子潜下去，发现他正在莫泰蒙向我们描述的峭壁边上休息。没过多久，就看见一盏灯朝我们慢慢降下来，可是它在我们上方没多远处消失不见了。杰夫比着手势，要我把手电筒朝上方照，然后他往上游去，原来那盏灯卡在峭壁的最顶端，于是杰夫把它解开。他随即扯动绳子拉了两下，亨利便让那盏灯越过峭壁顶端继续向下沉，直到杰夫猛地扯了两下绳子，示意要上面的人停住不放。杰夫向我挥挥手，于是我们一起向下潜去。我可以感觉到水温越来越低，耳朵承受的压力也越来越大了，没多久我就得停下来休息一阵，让身体稍微适应环境。就在这个时候，我看到杰夫做了一个"平坦"的手势，真是让我非常高兴，因为我恐怕没办法再潜到更深的地方了。我不知道现在到底有多深，不过当我们向下照光时，底部似乎没有任何东西。我用眼角余光瞥见杰夫作出"停止"的手势。

　　我们开始用很慢恨慢的速度退回峭壁的顶端，以便有足够的时间逐渐减压。到了半路上，我们在另一个岩架停下来稍事休息，这个岩架相当宽阔，上面生了一大堆长长的水草。我坐在岩架上，不禁想起这次探险任务，到头来竟然变成愚蠢的失败行动。炸弹显然掉在非常深的水域里，而假使情况真如我们的猜测，那么要找到它就必须使用安全装备才行，所以我们干脆收拾所有装备回家去算了。我几乎已经听到所有的记者都对着我们狂笑，还对亨利那张花哨的地图，加上他那神奇的"磁力计"，不忘补上几句风凉话。

　　就在这时候，有个东西掠过我的面罩，我抬头向上看，结果发现一条我这辈子所看过的最最巨大的湖红点鲑。它如同闪电一般现身于水草间，从我和杰夫之间猛然游过。我猜想，它一定是流传于长毛象瀑布镇钓鱼人口中的那条巨无霸鲑鱼，大家都叫它"大针垫"。从来没有人能够想出办法捉住它，而且没人知道它在草莓湖的哪个地方出没。它偶尔现身，被某人的钓线钩住，然后带着钓线逃之夭夭。有人曾经估计，它身上约摸有二十到三十个鱼钩。

我看看杰夫，他也正看着我，并举起手指向后指指大针垫刚才现身的水草堆。又有一条巨无霸鲑鱼从那里冲出来！它是我这辈子看过的第二大的湖红点鲑，这条鱼随即便滑进黑暗之中消失了踪影。这时候，我已经把炸弹的事抛诸脑后，心里只想着我和杰夫无意间发现大针垫藏身的地方，而且据我猜测，说不定整个巨无霸湖红点鲑族群都住在这里呢。我们两人开始翻动水草丛，马上又有两条大鲑鱼从里面溜出来。于是杰夫开始手脚并用地在水草堆上爬，用手电筒戳着面前的水草，而我则跟在他身后挣扎前进。我们终于爬到峭壁顶端，但是这里没有鲑鱼。突然间水草全都消失了，也不再有峭壁地形，我们意外地发现了一个又大又黑的洞穴。

我们两个人开始倒退踩水以便减速。除非认得路，否则你不会想进入水底下的奇怪洞穴，因为那样很可能会无法脱身，所以首先要赶快退后，并试着找出自己所在的方位。我们退回到浓密水草的生长界线附近，打开手电筒照亮四周，希望能辨认出峭壁顶端所在的位置；没过多久我们就看到，洞口隐藏在岩架上高高生长的水草后面，这个秘密偶然间被我们发现了。杰夫向我比了个手势，意思是叫我游进去探个究竟，一直游到绳子拉紧为止，而他会守在洞口。

　　我们之间绑了一条十几米长的绳子，其实用不了那么长，因为我游进去还不到六米就摸到洞穴末端的墙壁了。又有两条鲑鱼从我身边的岩石后方匆匆逃走，它们冲到洞穴底部去了。我把手电筒的光束转向下方，眼前的景象使我的心脏狂跳至两倍速度，有一条鲑鱼看起来简直像鲸鱼那么大！它就躺在底部的沙子上，像石头一样动也不动，而我的脚突然就像结冰一样无法动弹。那时我心里只有一个念头，我完全不想跟这么大一条鲑鱼待在同一个洞穴里，于是头也不回地冲出洞穴，我的模样简直像是鱼叉从枪里射出来一般，结果一头撞上等在洞口的杰夫。那时我真像是个笨蛋。出洞口后才发现我完全是自己吓自己，我显然不停地想着大针垫这回事，以及巨大鲑鱼的秘密藏身处，以至于把搜索任务忘得一干二净了。所以呢，我刚刚在沙地上看到的东西，事实上很可能就是那颗原子弹！

　　我发疯似的向杰夫比划动作，他便跟着我回到洞穴中。我先踩水倒退以免撞到里面的洞壁，并示意叫杰夫先停在高一点的地方，然后将手电筒的光束朝着地上照射。杰夫也拿他的手电筒跟着照。我们同时看到一个闪闪发亮的金属物体，大约有三米长，模样挺像一根肥肥的雪茄。这就毫无疑问啦，它便是那颗弄丢的原子弹；显然它由于某种原因，刚好垂直掉进这个洞穴里。

　　我们在它上面踩着水，它躺在底下看起来似乎完全没有危险性。不过我随即意识到它是什么样的东西，这时候我像是挨了一记闷棍，感觉跟刚才以为看到巨无霸鱼的时候差不多。我只想赶快离开这里,免得情况失去控制。我看看杰夫,便知道他跟我有同样的感觉,他已经开始后退游向洞口了。亨利曾经一次又一次地告诫我们,如果我们找到炸弹,而又不幸发生了任何情况,切记千万不要在炸弹附近逗留。就在此刻,我们完全同意亨利说的话。

当我们跟其他人说找到炸弹了, 你可以想像我们那帮人饱受煎熬的模样,因为大家恨不得又跳又叫大声狂吼"酷毙了!"可是不行,因为杰夫和亨利一直叫大家闭嘴,不能再摇晃小船了。我们花了五分钟的时间讨论接下来的行动,同时大家仍然随时注意四周动静,以免有巡逻艇冷不防出现。我拿出水底相机检查一番,并确定氧气筒还有足够的气体,而亨利帮莫泰蒙检查他的装备,他们足足检查了三次。杰夫把毯子披在肩膀上,挤进船头的为潜水员搭的船篷里去休息。

我和莫泰蒙翻过船侧,心里很清楚等一下要做的事,而我们知道动作要快才行。虽然雾气越来越浓,但湖上并不是每个地方都有浓雾,巡逻艇还是可能随时出现;我们准备潜下去时,费迪便宣称,他看到探照灯正在岸边夏日别墅那个区域来回搜索。我和莫泰蒙之间系着十二三米长的绳子,两人一起沿着垂降绳潜下去,洞口留有醒目的光线,因此要到达目的地可以说轻而易举。我以不同的角度为炸弹拍了四张照片,莫泰蒙也跟我一起游进洞穴,因为我跟他说我不想一个人待在洞里。

然后我们游了出去。我先将相机用绳子送上水面,然后着手固定一个将令人大吃一惊的装置,这是亨利想出来用来吓吓那些记者的。其中一艘船的船锚慢慢垂降到我们身边,我们把它塞进洞口的一些岩石中,还在上面堆了很多石头,并确定它不会因为被拉扯而松开。然后我们拉拉吊灯,随即离开那里。

我们继续向水面游去,而亨利和哈蒙拿了旧轮胎的内胎充气吹胀,把它绑在桃子篮的盖子上。等我们浮上水面,亨利正小心翼翼地在篮盖上面粘几条金属线。

"注意别把这东西弄湿了。"亨利说道。他和哈蒙由船边把那东西往下放低。

我和莫泰蒙拖着这个玩意儿,把它移到洞口的正上方,并钩在锚绳上,然后将它与小船连接的绳子切断,再游回小船上。

"你在内胎上面弄那一堆有用没用的东西干吗?"我问亨利,边说边把面罩脱下来。

"等到明天早上就知道了。"亨利回答,"现在我们得赶快离开这里!"

杰夫和哈蒙举起船桨,开始沿着半岛的西岸慢慢划回去。我们尽量靠近岸边,只要巡逻艇的声音一出现,就可以马上躲到岸边的洞穴里。不过显然不必太担心,因为现在浓雾已经完全沉降下来了,巡逻艇几乎不可能开太快,也不太会冒险开到远离岸边的区域。我们差不多到达昨天晚上藏放小船的地方了,这时候,亨利突然用手猛拍额头大喊:"等一下!等一下!等一下!"

"怎么了?"杰夫说,他把我们的船划到他们旁边,"亨利,应该继续前进啊,我们到目前为止都很顺利,可别搞砸了!"

"我忘了那个接收器!"亨利大吼,"我忘了把接收器打开!"

"真的吗?"

"我们非回去不可！就是这样啦，没什么好说的，我一定要回去！"

"看吧，我就说嘛！"费迪跟丁奇说道，"亨利就是这样，什么事都逃不过他的掌握！"

"好啦！好啦！"杰夫说，"如果你没有打开接收器，我们今天晚上就算是白忙一场了。我们非回去不可，不过动作得快一点喔！"

接下来由杰夫掌控全局，就像他平常处理危机事件一样。他叫亨利换到我们的船上来，而费迪和莫泰蒙到另一艘船上去。接着他要哈蒙把船划到昨天藏身的小湖湾里，在那里等我们回来，而我和杰夫则一人拿一枝桨，再一次向半岛岬划去。

"喂，假使我们回到那里，发现你根本没有忘记打开那玩意儿，那可就真的糗大了！"杰夫说道。

"我就没脸见人了。"亨利自己也承认。

"你是该没脸见人啦，我会把一枝船桨缠在你的脖子上！喂，查理，不要划那么快啦！我有点没力了！"

我稍微划慢了一点，因为杰夫已经累了，不过我们又划了好一阵子才到。亨利的鬼玩意儿用内胎绑着，漂浮在水上。我们把船划到它旁边，亨利赶紧从口袋里拿出一只小型手电筒，检查桃子篮盖上的其中一个黑盒子。

"怎么样？"杰夫问道。

"现在可以了。"亨利说。

"现在？那刚刚可以用吗？"

"我不予置评！"亨利双手抱胸，坐在船尾说道。我们赶紧划动小船，驶回哈蒙和其他人等待的地方。

"我估计刚才多花了十五分钟。"杰夫说。这时我们终于划到小湖湾里，另一艘船正在那里等我们。

"是啦，像你还那么年轻，当然不会忘东忘西！"亨利恶狠狠地说道。亨利很少这样讲话，不过我看得出来，他是因为自己犯错而生气，况且他并不是有意要这样讲话的。而事后看来，多亏有这额外的十五分钟，我们才免于遭遇真正的难堪场面。

等我们回到沼泽区，把所有的装备都卸下来后，杰夫和哈蒙再度出发横越草莓湖，把他们借用的小船归还原位。由于大雾实在很浓，他们认为应该不会遇到岸边的巡逻队。我们决定把设在北岸的信标发射器留在原地，等明天再去拿，所以荷马跟我们其他人走小径回到火鸡山路，那么就多一个人帮忙搬那一大堆有用没用的东西。

我们连铁道都还没走到，就听到音量很大的声响，很像是警察无线电的声音，每隔一阵子就听到某人的声音从无线电中传来，里面夹杂着哗哗嘎嘎的杂音，接下来便是七嘴八舌难以分辨的讲话声。亨利举起手要大家停下来，我们站在小径上，跨坐着脚踏车。喔，只有丁奇除外，这还用说吗？他坐在脚踏车上前后摇晃，一只手扶着旁边的树枝，心里期盼大家能够继续前进。我们在那儿站着一定超过了两分钟，聆听彼此的呼吸声，连一根寒毛都不敢动。荷马的扁桃腺有点毛病，他喘气的声音实在很大，听起来像是老朽的马达叽叽嘎嘎乱叫，恐怕要上点油才行。

"你不能让你的喘气声听起来像鸟叫声吗？"莫泰蒙终于对他这样说，"这样会泄露我们的行踪啦！"

"当然可以像鸟叫啊,不过你们听了可能会太兴奋,说不定还会生只蛋哩!"荷马咬牙切齿地低声说道。

费迪忍不住了,他终于嘿嘿嘿地低声笑出来,而丁奇也发出咯咯咯刺耳的傻笑声,吓得我们全都跳起来。不过就在这时,我们听到警察的无线电又发出嘎嘎杂音,我猜这真是救了我们一命。

"所有人都离开小径!"亨利下令,"把脚踏车藏到灌木丛里!不过要安静一点!"

我们小心摸索前进,穿过灌木丛走到小径的左侧,那儿有个小沙丘,上面长满了低矮的杜松和月桂树,我们可以把脚踏车藏在那些树丛里,而且至少有空间可以盘腿坐下,这样就不会被别人看见了。

"我想啊,我们最好研究研究路边那些人到底在干吗。"等大家全都坐好之后,亨利这样说道。

"什么意思啊?"丁奇问道。

"意思是说,我们打算偷偷溜出去,像间谍一样侦察那些人的动静啦。"莫泰蒙说,"不过啊,会傻笑的人不能去!"

"你是说,真的要当间谍吗?像电影和电视里面那样?"

"哎哟,我是说实实在在的侦察啦!"莫泰蒙说,"我们要去看看他在做什么,听听他们在说什么,这样懂了吗?"

"噢!"丁奇说。

"你大概是最适合的人选耶。"亨利说,"你可以偷偷溜进灌木丛、爬到树上去吗?"

"当然可以啊。"丁奇摸摸鼻子说道。

亨利派我跟丁奇一起去。我们绕过树林,爬上铁轨南边一个高高的土堆,从那里向下俯瞰火鸡山路。土堆边缘没有灌木丛,不过有两块大石头悬空卡在土堆边,而且两块石头离得很近,中间只隔一道窄窄的缝隙而已。丁奇在这种地方最灵活了,他设法爬过两块大石头阴影下的草丛,奋力钻进缝隙里,最后终于可以侧着用一只眼睛向下看到路上的情形。他很快带着最新消息爬回来,说他看见一辆空军的轿车和一辆警车停在路边,也就是费迪跟两个空军宪兵讲话的地方。

"他们面向哪一边?"我问丁奇。

"他们站在路的这一边,面向镇上。"

"有几个警察?"

"我看见两个空军宪兵,还有两个长毛象瀑布镇的警察。可能不止这些人喔,我没办法看得很清楚。"

"你再去一次,要看仔细一点!"我跟他说,"我们得知道他们总共有多少人,还有他们在这里做什么。"

丁奇又悄悄爬回去,穿过草丛,把自己塞进两块大石头之间,而就在这时,其中一辆车的无线电又开始发出很吵的嘎嘎声。传出来的声音扭曲得很厉害,根本没办法听懂,不过倒是可以听见这边警察的回话。

"没有,长官!"他说,"我们已经沿着道路找了很久,还往道路两旁的树林深入搜索了大约一百米的距离,没有那个小孩的任何下落。州警的车子已经离开现场了,长官。"之后又从无线电传来一大堆杂音,没过多久,我又听见那个宪兵在讲话。

"正确,长官!就是我们!我和哈迪中士都跟那个小孩说过话,我们可以确定就是这里没错。那时,我们大约过了十分钟就开车回到这里,可是没有再看到他。我们可以确定,他不可能就这样一路骑车回到长毛象瀑布镇,一定是停在路上的某个地方,可是我们不晓得他在哪里。"

"嘎嘎!嘎嘎!嘎嘎!"然后是:"您的问题问得好,长官!我们在路的北边没有发现任何轮胎的痕迹,不过从这里往镇上的方向,西侧的路面上有一大堆轮胎痕迹。看起来似乎不止一辆,可是我们看不出他们往哪个方向去。""嘎嘎!嘎嘎!""我不知道,长官!那小孩说他从克林顿镇回来,说不定他是骗人的。"

"嘎嘎!嘎嘎!嘎嘎!嘎嘎!嘎嘎!""是的,长官!""嘎嘎!嘎嘎!嘎嘎!""是的,长官!""嘎嘎!嘎嘎!嘎嘎!嘎嘎!""是的,长官!我完全了解,长官。不过,我们没想到在后座上找到那个香蕉皮!是的,长官!一点都没错,长官!"

那些对话够我搞清楚整个状况了。这辆空军宪兵队的车子,正是逮住费迪让他曝光的那辆车,当时我们正要切进树林里,朝着运输通道前进。他们肯定是在几分钟后回到这里,竟然没有遇上骑脚踏车要回长毛象瀑布镇的胖小孩,于是心生怀疑。显然他们还会到长毛象瀑布镇警察局去找费迪呢。

不久,我又听见空军宪兵的声音了。

"嘿,哈迪!队长叫我们留在这里,他派了十个人坐货车出发,还有另一个小组的车子也从长毛象瀑布镇开到这里来。我们要从这里开始搜索整条路,一直找到镇上去。"

我学了个鹌鹑的轻柔叫声，丁奇便从岩石那儿爬回来。

"我想你也听见了。"他说。

"应该是啦！那我们回去吧。"

我们很辛苦地爬回货运小径旁的圆丘，向大家报告我们刚刚听见的事。亨利摸摸他的下巴思考起来，还不时用手指拨弄沙子。

"喂，你们这些家伙，有什么好点子吗？"莫泰蒙低声说道。

"我们可以回家吗？"费迪都快哭出来了，"亨利，还是我们得回到那个脏兮兮的沼泽？"

"那样更不好啦，费迪。不过我知道有个办法可以离开这里……得靠点小运气就是了。"然后亨利开始在沙地上画图，"问题是，我们不能带太多东西，也就是说，有些装备得放在这里，过一阵子可以回来拿。"

"看起来我们每次都这样耶。"荷马说，"亨利，这是你本来就计划好的吗？"

"我们得抬起脚踏车，翻过铁轨对面的这个土坡，而且绝对没时间再回来拿其他东西了。如果我们可以到达比铁轨稍微北边一点的地方，从那里偷偷穿越火鸡山路，我们就可以沿着铁轨走到白叉路，再从那里骑回家。能不能顺利实现就看穿过马路的那一刻了。"

我们把所有装备都藏在灌木丛里，还包括三辆脚踏车。待会骑回家的时候必须两个人骑一辆，因为等一下翻过土坡、穿越树林的时候，我们估计只能应付三辆脚踏车。

大家先越过铁轨，手忙脚乱地滑下另一边的沙砾斜坡，还要拖着脚踏车一起走。进入树林和灌木丛后，面前有个三十多米高的土坡等我们爬上去。爬上土坡后所有人无不筋疲力尽，可是亨利只让大家休息了一会儿，因为我们得赶在增援部队之前到达马路旁。我们很小心地走下土坡的另一边，好不容易到了火鸡山路，位置大概在铁道北边转弯处的半路上。我们没办法再往更北边走了，因为前面有个大池塘挡住了我们的去路。

"我们得从这里越过马路，"亨利说道，所有人都站在路边的沟渠旁，"大家必须一齐冲过去。排成一排面对马路吧。"

"'一齐冲过去'是什么意思？"费迪问道。

"意思是我们六个人排成一排冲过去，"亨利向大家解释，"这样在数学上的几率对我们有利。假使我们一次一个人偷偷溜过去，暴露行踪的机会就有六次。而如果我们肩并肩一齐冲过去，就好像一个人穿越马路，那么他们只有一次机会可以看见我们。"

"这就是亨利，什么事都逃不过他的手掌心！"费迪跟丁奇说。

亨利叫我们排成一排，等待他的指示。距离我们一百米远的路上停了两辆巡逻车，车子的信号灯不停闪烁。两辆车之间的路面上真是灯光通明啊。

"等我们越过马路之后，要走进右边的树林里，我会带大家走到铁轨去。"亨利很紧张地说道，"没办法知道他们会不会看到我们，所以不等了，数到'三'就冲过去！"

等亨利数到三，大家便爬上水沟的边坡，急急忙忙冲到马路对面去。荷马摔了个狗吃屎，两只膝盖都跪在地上，莫泰蒙只好自己一个人抬着脚踏车，不过我们刚刚冲进马路对面的树丛里，荷马就跟上来了。走回长毛象瀑布镇的路上，警笛的呼啸声不断朝我们这个方向传来，大家不禁庆幸，刚刚真是抓对时机了。亨利警告我们走慢一点，免得发出太大的声音，不过他的担心大可不必啦，因为我们闯进一片黑莓灌木丛中，每走一步都得费力地拨开枝丫。

"看我怎么对付它！"莫泰蒙说道。他跟荷马一齐抬起他的脚踏车，拿脚踏车当作推土机，在黑莓丛中清出一条血路。

大家跟在他们后面走，终于突破了树丛障碍。接着亨利带头走下树林里的一段缓坡，最后又到了锌矿场延伸出来的旧铁道旁，从那里到白叉路大概还有三公里路，这之后路就好走多了。有时候我们骑上脚踏车，有时候铁道两旁长满了藤蔓和长草堆，大家只好推着脚踏车前进。最后我们从白叉路骑车回家，看到我们的人还以为我们刚从白叉镇的露天市集逛完嘉年华会正要回家，所以没人找我们的麻烦。

回到家以后，我妈妈逼问我又野到哪里去了，身上的衣服竟然破破烂烂，还脏兮兮的。我说是在露天市集打橄榄球啦。

"橄榄球？在晚上打橄榄球？"

"我们用荧光球打嘛。"我跟我妈妈说，而我猜她真相信了，因为她没跟在我后面一起走进地下室的暗房。我在暗房里把晚上在洞穴里面拍的照片洗了出来，然后才上床睡觉。

亨利大获全胜

我开始讲这些故事之后，不少人都很好奇，想知道我的姓，而我还没跟任何人说过呢。我倒是有个十分堂皇的理由，因为我姓芬考迪克！而我现在突然提这档事，事实上是因为，隔天早上我听见的第一个声音，便是我妈妈站在楼梯下面对着楼上大喊："查理·芬考迪克！床垫把你黏住了是吧？"

那个姓带有某种意义，因此我只要一听到它就会马上惊醒；而那个姓还有另一个意义，于是我又希望能够不必起床。可是只要我一赖床，老妈就立刻爬到楼上来，手上拿着厨房里的长柄刷，仿佛我身上结满了蜘蛛网似的，而她正打算上来清扫一番。如果你从来没有一大早就被硬邦邦的稻草长柄刷在背上刷来刷去，你一定会很想试试看，尤其在脱光衣服的时候。像我，我很累的时候会脱光光睡觉……

不管怎样，我到底姓什么一点也不重要，因为我不会再提这件事,而你也别跟其他人提及就是了!

这天早上,我还没等到长柄刷伺候,整个人就从床上弹起来,简直像是掉到蛇洞里似的。我不知道现在几点了,也找不到昨天晚上乱丢的衣服,忙乱中先是被椅子绊到脚,然后勉强从衣橱上一把抓下闹钟,拿起昨天晚上睡觉前印好的照片,匆匆忙忙跑到楼梯口。"我的天哪!"我心想,"我敢打赌,杰夫和亨利一定早就到了他家别墅的码头,正想着我跑到哪里去了。唉,我就说我被小虫子咬得很惨好了。啊不,干脆说我老爸叫我帮忙割草。可恶!两天前莫泰蒙才帮我割过草。我的妈呀!"我抓起闹钟看了看,指针竟然指着三点半。这下可真是糟糕了!

"喂,妈!现在几点啊?"我在楼梯上大喊。

"小子,是你该起床的时间!"

我要知道的不是这个啦!

"喂,妈,我不是在跟你开玩笑,现在到底几点啦?"

"如果你准时起床,就会知道现在几点啊!"

"拜托啦,妈!厨房的时钟现在到底几点啦?"

"我不知道嘛,我人在客厅里。你房间里不是有时钟吗?喔,你忘了上发条,对吧?"

"不知道啦,我也希望我记得啊!"我全身光溜溜地冲下楼,一溜烟地穿过客厅跑到厨房去,接下来只听到一声吓死人的尖叫,原来隔壁的阿波帕太太正站在冰箱前面。她赶紧用两只手遮住脸,而我只好继续滑过厨房地板,从炉子后面抓起一条擦碗布把自己围起来。然后我又冲出去跑到楼梯前,这时候阿波帕太太已经笑得前俯后仰，整个脸都涨红了，而我猜我则是从头红到脚吧。最后，我只好把两条腿夹紧，像青蛙跳那样，一阶一阶地跳到楼上去。

"查理，现在到底几点啊？"我妈妈在我身后叫道。

"我不知道啦，"我说，"刚才忘记看了。"

然后我也听到老妈的笑声。我觉得自己像个大笨蛋，气得猛踢楼梯最顶端的大柱子，结果大脚趾差点骨折。

"查理啊，阿波帕太太说现在是七点半，还有她想要知道，第二幕何时上演哪？"

莫泰蒙一定知道如何回答阿波帕太太的问题，可是我实在想不出来，所以我只是用单脚跳进房间，赶紧套上衣服。如果我动作快一点，应该可以准时到达湖边。我把衣服穿好，抓起照片，然后又冲下楼梯，穿过厨房跑到门外。

我从阿波帕太太身边溜过去时，她说："哎哟！他穿上衣服还挺好看的呢！"

"查理！你要到哪里去呀？"我妈妈大叫，"你还没吃早餐！"不过我已经跑下屋后的阶梯，跨坐在脚踏车上，所以只好假装没听见她的声音。所有的老妈都希望孩子赶紧起床，最好动作快点，可是一旦你想要草草吃过早餐或根本不吃，整个世界居然可以为了你而停下来。她们会说出"把玉米片吃完！""好好吃顿早餐最重要，其他事情都可以等一下再做！""你给我乖乖坐好，把那只蛋吃光光，不然你别想出门！"这类鬼扯淡。你不禁会想，世界的命运八成掌握在两只半熟的蛋和一片吐司手中吧，或者一碗热麦片就会使滑铁卢之役完全改观呢。

"查理·芬考迪克！你到底在忙些什么啊？"我妈妈对着我大喊，而我赶紧骑上脚踏车准备逃之夭夭。

"你不懂啦，"我也吼道，"我忙着搞我的科学大业嘛！"

等我来到湖边，有一小群记者已经聚集在杰夫家的小屋旁，他们正在跟两个空军宪兵和警长办公室派来的代表高声争吵。警察早已沿着整条路设下路障。这时我看见亨利和杰夫坐在小屋旁边的一个路障上，简金斯先生正在跟他们说话，而他的摄影师在一旁忙个不停，把所有的摄影器材架设妥当。费迪则是悠闲地站在摄影师旁边，仔细研究他的每一个动作。

"嘿，查理，赶快过来啦！"费迪对着我大叫，"你要上电视了喔！"

"怎么回事啊？"我问亨利，"我起得太晚了，不过我尽快赶过来了。"

"还有很多时间啦。我们必须等候普特尼警长大驾光临，而且不确定能不能到杰夫家的码头上去，他们还有得吵呢。"

"你有没有带照片来？"

"藏在我衬衫里。"

"看起来怎么样？"杰夫问道。

"很不错喔。有一张看起来真是美呆了！"

"给我看看。"杰夫说。他和亨利爬下路障，我们躲到路边没人看见的地方。

我拿起一张从炸弹前端向下照的照片给他们瞧。"哇噢！太棒了，查理。这下他们总该相信了吧。"杰夫说。然后杰夫朝着简金斯先生挥舞照片,简金斯先生就站在附近。

简金斯先生走过来,我赶紧把照片塞回衬衫里。

"没关系啦,查理。"亨利伸出他的手说道,"我来给他们致命的一击吧!我要吊吊简金斯先生的胃口,只让他瞄一眼就好了。"

"你们手上拿的是什么啊?"简金斯先生问道,他走到我们身边来了。

亨利拿照片在他眼前晃了一下:"你说呢?"

"不知道耶。看起来像是筒装瓦斯,或者是机翼下方的辅助油箱……嘿,慢着!该不会是那个氢弹吧?光是这张照片还看不太出来耶。这张照片是怎么来的?"

"这样说好了,我们从湖里把它给钓上来。"亨利说。

"亨利,你把我们全都叫到这里来,就是要给我们看这个?"

"当然不是!我要带你们走出去一点,把炸弹的位置指给你们看。现在呢,如果你跟普特尼警长好好谈谈,允许大家走到码头上,那么你就有很棒的报道可以写。噢,我猜他已经来了。"

亨利把照片塞到他自己的衬衫里。我们向那群记者走过去,普特尼警长的车子就停在那儿,还有一辆州警的车子正要熄火。

"喂!你要开始采访了吧?"矮摄影师叫道,"我通通都准备好。"

"全部关机!"简金斯先生回头向他说道,"现在用不着了,我们准备到码头上去采访。"

普特尼警长步下座车,后面跟了一位空军上尉,还有一个州警局的警官从另一辆车里钻出来。他们发现一大堆人挤在这里插科打诨闲扯淡,普特尼警长想搞清楚到底是怎么回事。

"不管你们提出什么样的理由，按照规定，所有的人都不准到湖面上去。"那位空军上尉向记者们宣布，"所以你们最好回旅馆去休息，或者回你们住的地方去。"

"嗯……怀特海上尉，且慢，"普特尼警长按住他的肩膀，打断他的话，"我相信长毛象瀑布镇还算是我的管辖范围。应空军基地的要求，我把草莓湖和这些湖边小屋列为禁区，可是我可没有把警章也交给你们喔。现在呢，这位先生，把你打算做的事情向我说清楚，我也许可以准许你的请求。"

"警长，我们并没有打算到湖面上去。"简金斯先生说，"我们只是想到码头上去，只要拍几个画面就好了。"

"警戒区域内不准拍照！"怀特海上尉说。

"嗯……"普特尼警长清清他的喉咙，"这里是警戒区域吗？是谁宣布的？我可没有印象喔。"

"我也是被告知的！长官！"

"咦，怎么没有人顺便通知我一声呢？看来有人忘记了。我只知道要叫大家远离草莓湖，但没人提过关于拍照的事啊！"

"这些人必须得到空军基地的许可才行，长官。"

"这个嘛，怀特海上尉，你回去跟你们司令部确认一下，看看到底需要什么样的许可才行。不过依我看，只要媒体的诸位先生能够提出正当的理由，也能够说服我，他们当然可以到外面去拍照。"

"我们有个正当的理由！"简金斯先生说，"理由很简单，空军方面声称不知道炸弹在哪里，而这些小孩说他们知道。他们说，只要大家登上码头，他们就会证明给大家看。"

"他们要如何证明啊？"

"我怎么知道？可是，假使我没有追踪这则报道，那我未免太笨了。警长，相信我，他们已经拿了些东西给我看，够我相信他们所言不假啦。"

"他们拿什么给你看？"

"我想，我先别说出来比较好。"

"咦，昨天不是有人跟众议员霍金斯纠缠不清吗？就是摩里根家的那个小孩吧？"

"对啊，就是他。"

"我昨天晚上好像在电视上看到他？"

"应该是吧。众议员搂着他，而他拼命想要挣脱出来。就是他！"

"噢！也就是说，大家开口闭口说的'疯狂科学家'就是他啊，对吧？"

"没错！就是他没错！"另一个记者接口说道，"就是那个满口胡言的家伙，他还拿了一大张地图和磁力计什么的。"

"好吧！这我得亲自来瞧瞧。"普特尼警长说，"各位先生，跟我来吧！"于是他把一个路障抬起来放到旁边去，昂首阔步地登上码头。

"普特尼警长，呃，长官！"

"怀特海上尉，有什么事吗？"

"我必须提醒您，我得向我的长官报告这件事！"

"那当然，怀特海上尉。对了，别忘记告诉他们，这些先生目击到湖上有可疑人士出没喔，而他们正打算指给我看呢。各位先生，咱们走吧！"

普特尼警长眨了眨眼，于是那些记者欢声雷动，大批人马穿越障碍线，登上杰夫家小屋前方的码头。简金斯先生的摄影师匆匆忙忙地跟在大家后面，嘴里不停地抱怨，说他根本没时间准备，而且他每走一步就掉一样器材，最后只好把所有的东西都堆到一台老旧的木制手推车上。荷马和丁奇看他可怜，帮他把掉在地上的三脚架和底片匣捡了起来。

不用说，哈蒙当然是一马当先，赶在所有人的前面冲到码头的最前端，他马上就准备妥当，等所有人一到便开始发表演说。

"各位女士、先生，请靠到右边来。"他装模作样地高声说道，手里还拿了一根事先削好的长柳条，嘟嘟嘟地在码头上敲着有规律的节奏，"各位即将目睹历史上最惊人的超级大戏法，保证连欧洲的各个王室都没看过。这位摩里根博士是国际知名人士，他不仅运用奇特的绝技来挑战各位的记忆力，使大家瞠目结舌，而一旦有任何人提出质疑，他还会扯个漫天大谎来应付应付，甚至向大家证明手掌比眼睛大。只此一次绝无下例！……"

"哈蒙，闭嘴！你给我闭嘴！"杰夫说道，"让亨利上去讲话啦。"

可是哈蒙还是继续讲："各位女士先生，您即将目睹历史上最惊人的……"话没说完他就摔到码头下面去了。他本来打算面对着半岛岬，好好做出他的招牌动作呢。

"任何人都不准到湖里去！"普特尼警长大叫，"年轻人，快给我离开那里！"

然而哈蒙根本听不见警长的声音。他掉入湖底，只剩下水手帽和长柳条在水面上载浮载沉。最后他终于浮出水面，两个好心的记者把他拉到码头上来，莫泰蒙则把湿帽子随便扔到他头上。

"我们应该撤销你俱乐部成员的资格，因为你根本不配当个科学家。"莫泰蒙说道，"现在听好了，你在码头上蹲下跳起，等到全身干了才能停！"

所有的记者看到哈蒙都笑得前俯后仰，只有他自己笑不出来。他开始蹲下跳起，嘴里不断咒骂，心里想到什么事情就怪罪一番，他也气自己为什么会掉到水里去。普特尼警长叫哈蒙待在码头旁边的沙滩上，然后他催促记者聚集在码头前端。

"现在把时间交给摩里根博士。"普特尼警长说，"你邀请大家到这里来，到底是什么原因呢？"

亨利站在码头的最前端，用手指着半岛的方向："请大家把所有的相机和摄影机对准半岛岬。我们已经准备就绪，马上就让大家看看炸弹所在的位置。等你们准备好，就告诉我。"

"麻烦你给我们一点提示，让我们知道到底要拍些什么，可以吗？"有个摄影记者问道，"这样我才能做好准备。"

"它会是个亮橘色的物体。"亨利说。

"在哪里？我没看到湖上有什么亮橘色的物体啊？"

"我也没看到。"亨利说，"如果我看得到，情况就有点不妙了。"

"嘿，聪明小子，你这是什么意思啊？"

"意思是说，现在湖面上不该有亮橘色的物体，不过等你们准备好之后，它就会出现了。"

"我猜啊，掉到湖里的那个瘦小孩说得没错。"有个记者不以为然地说道，"不管怎么看，都像场闹剧。"

"耶！"又有个油腔滑调的家伙说道，"继摩西过红海之后，这肯定是最伟大的噱头啦！我敢打赌，这个小孩要让湖面裂成两半，我们就可以拍到炸弹躺在湖底的照片！"

所有人都笑了，你会发现亨利的耳朵开始有点泛红，头皮也猛地抽搐了几下。

"大家准备好了吗？"亨利问道，语气带点犹豫。

"我准备好了，而我猜其他人也都没问题了。"矮摄影师对简金斯先生说道。

其他摄影记者突然开始鼓噪。"嘿，矮子，你不是开玩笑吧？""喂，大家听好了！矮子准备好了耶！""好吧，摩里根博士！矮子说你可以开始表演奇迹喽！"不知道为什么，大家都叫那位矮摄影师"矮子"，不过我想那不是他的真名。

亨利走到码头边，而杰夫拿了一个黑色的小玩意儿给他，上面有一堆按钮。亨利拿着那东西对准远方的半岛，再回头看看那些摄影师，确定他们都准备好了。他突然间举起左手，按下一个按钮。

啥事也没发生。

接下来是一阵好长的静默，真是有点尴尬。摄影记者通过观景窗瞄了一会儿，抬头看看亨利，随后又通过观景窗望了望。

还是一样，什么情况也没有。

亨利又按了一次，然后用手遮住阳光，仔细查看远处半岛附近的景象。我睁大了眼睛，但是除了水之外，什么也没看到。一定出错了！

　　杰夫走到亨利身边,那些摄影师和记者彼此咬耳朵,又开始说起风凉话来。"嘿,亨利!"杰夫低声说道,"你昨天晚上不会把接收器给关掉了吧?"

　　"我确定把它打开了啊,"亨利说,"或许它被弄湿了。"

　　"再试一次吧!"

　　亨利再次按下按钮,可是仍然无声无息。

　　"嘿,老兄,再这样下去就是自己跟自己较劲!不要灰心啊!"有个摄影记者叫道。

　　亨利满脸通红,直红到发根处,他转身背对那群记者。"伙伴们,没关系,"他以沙哑的声音说道,"我只是忘了把发射器打开,只是这样而已啦。"然后他把小黑盒上的一个开关啪的一声打开。

　　我终于松了一口气,随后忍不住爆笑出声,实在是忍不住啦。亨利瞪着我,那神情像是我跟他说,他最亲密的女朋友正在跟我哥哥约会——只不过亨利一直都没有女朋友,而我也没有哥哥就是了。紧接着他又转身面向那群记者,举起手指着半岛方向,然后按下按钮。

　　"嘿,你看!嘿,你看看!"有个摄影记者大声喊叫,所有人都开始用观景窗搜索半岛附近,然后就是照相机的快门劈里啪啦响个不停的声音。

　　在远方湖面上,大约在半岛西方三百米远的地方,有个亮橘色的东西浮出水面,它慢慢膨胀成重达五百磅的甘蓝菜那么大。然后它开始浮出水面,一边升高,一边不断地膨胀。升高至三十多米左右,它突然抖动了一下,出其不意地向下坠落了一点点,最后终于不再有任何变化。它漂浮在水面上，缓慢地摇来晃去。

没过多久，那群记者和摄影师又爆发出欢呼声，这回可真的是发自内心的惊叹，从那完全不同的音调就可以听得出来。"嘿，摩里根，做得好！""摩里根博士，把他们搞定吧！""喂，那到底是什么啊？难道是个原子苹果？"大家七嘴八舌向亨利问了一大堆问题，逼得普特尼警长不得不走到亨利身边，免得他被大家推到码头后面的水里去。

"一次只能问一个问题，各位先生；如果大家不介意的话，一次只能问一个问题。"警长说，"现在呢，小摩里根，麻烦你告诉大家，那远处的东西到底是什么。还有，那东西跟炸弹有什么关系呢？"

"那是一个气象探测气球。"亨利向大家解释，"而它所固定的地点便是炸弹所在的位置。如果各位将这个消息通知空军单位，请他们派潜水员沿着水面下的绳索潜到绳子末端，就会发现炸弹。"

"哇塞！小子，这是真的吗？"有个记者问道。

"你该不会只是弄个表演节目给我们看吧？你真的确定吗？"另一个记者说。

"不管是真是假，你是怎么把气球弄到那里去的？"

"我们在昨天晚上就把它装设好了，"亨利说，"我们是在发现炸弹之后才设置的。"

"你们发现炸弹之后？"

"没错！"亨利说道，"我昨天就跟你们说过了，我们知道炸弹在哪里，而你们要求看到证据。那就是证明啦，就在那里！"亨利用手指着那个橘色气球。

"可那只不过是个气球啊！"

"如果你们要看的话，我们当然有其他的证据。"杰夫接口说道，"不过你们得赶紧把空军单位找来，叫他们派潜水员潜到气球下面的绳索末端，这样他们就会发现炸弹。"

"嘿，摩里根博士！"有个摄影记者大声叫道，"你能够把气球收下去，然后再把它升起来吗？我怕我刚才拍的照片不够好啦！"

摄影记者群中出现一阵骚动与窃笑，有个人用胳膊肘儿推推他旁边的那个人："怎么又是亲爱的'闪光灯'费杰罗呢？他总是没办法一次就拍好哩！"

"所以啊，只要有人威胁要跳楼，绝对不可以派他去拍照啦。"另一个人说："我记得他有一回又没拍好，只好拿五十元给附近的旁观者，叫那个人依样画葫芦再跳一次！"

"那个系统只能作用一次，"亨利说道，"我们只能让气球升上去一次，而且没办法把它收回来。"

"亨利，这可不是开玩笑的。"简金斯先把他拉到一旁，"你到底怎么把气球放到那里去的啊？还有，你怎么让气球随你的指挥升到上面去呢？"

"很简单啊，"亨利说，然后他用力吸了一口气，"只要你记得把电源打开就成了。这样说吧，你有没有看过别人用无线电操纵模型飞机？"

"是没有啦，不过我曾经读过这类报道。"

"好吧，那么你可能知道，你手上得拿一个发射器，而飞机上装有一个接收器。一旦你拿着发射器向右转、向左转或减速、加速……或者任何你想要它做的动作。"

"好啦,我知道啦。"

"嗯,这就是发射器。"亨利说道,他手里握着那个小黑盒,上面有很多按钮,"而在远处的湖面上,我们在浮标上面装了一个接收器,昨天晚上就把它装好了。也就是那个接收器把气球外面的胶囊戳破,气球便开始膨胀。整个情形大概就是这样啦!"

"还有一个重点,别忘了打开电源喔。"莫泰蒙补了一句。

"真是巧妙啊!"普特尼警长说。

"现在你就能理解,为什么我打算相信这些小孩了吧?"简金斯先生说道。

"我也快改变初衷了。不过,还有一件事让我百思不得其解。我可以看见那个气球,可是我怎么知道,底下的绳索末端是不是真有炸弹呢?"

"对呀,亨利,关于这点你怎么证明?"

"如果一定要的话,我们可以证明炸弹确实在那里。"亨利说。

"你的意思是……你刚刚给我看的那些照片吗?"简金斯先生说。

"是啊。"

"这个嘛……假设照片里真是氢弹好了……嗯……我怎么知道照片是在哪里拍的?亨利,我实在没办法相信你真的拍到炸弹,因为空军单位找了三天都找不到啊。"

"简金斯先生,照片里面有个东西你还没注意到喔。"

"注意到什么?"

"哎呀，没关系啦。"亨利说，他的视线落在气球上，想要掩饰他脸上浮现的笑容，那笑容充满恶作剧的调皮意味，"等到时机成熟，我就会告诉你。"

"为什么现在不能说？"

"是可以啦，不过我现在不想说。我老爸常说，非到最后关头，决不使出王牌。他说得很对！"

"够啦，摩里根博士！"简金斯先生笑着说，"我相信你就是了。"然后他的眉头皱了一下，"你希望我们要求空军派潜水员到气球那里去，对吧？"

"如果想知道炸弹是否真在那儿，你能想出更好的方法吗？"亨利说，"当然啦，假如你会潜水，我们今天晚上可以带你去喔，那么你就可以亲眼瞧瞧了。"

"噢不，谢了！"简金斯先生说道，而所有的记者都笑了，大家开始哄他，"如果我跟你去，我敢肯定，普特尼警长一定会把我丢到监狱里面去啦。"随后他转身面对那群记者说，"咱们走吧，把这个信息告诉空军单位！我们到空军基地去吧！"

四周响起热烈的欢呼声，大家鱼贯走下码头，不过简金斯先生把我们拦下，他说："帮矮子一个忙吧，我们干脆在这里来段访问，把气球当作背景，可以吗？"

亨利耸耸肩，看着杰夫，而杰夫也耸耸肩，看着我们其他人。只听哈蒙说："哎哟，当然没问题啦！我想不出还有什么地方比这里好。不只是这样，我现在还是湿答答的，看起来很像是刚从湖里爬出来耶。"

"哇,一定是从很臭的水里爬出来的吧!"莫泰蒙捏着鼻子说道。

于是我们全都留下来,当简金斯先生对亨利和杰夫询问一大堆蠢问题时,我们便应他的需要摆摆姿势。他的蠢问题包括,我们到底如何发现炸弹啦,我们在湖上怎么没被警察抓到之类的废话。其实我们也让哈蒙上阵,让他解释我们在铁道与火鸡山路的交叉路口如何躲过两辆巡逻车,但是等到在电视上播出时,哈蒙这段被剪得一点不留,直接进广告,后来哈蒙一想到这件事就很不爽。

等我们录完这段访问,其他记者全都不见了。简金斯先生马上意识到,他们八成是直奔西港空军基地去采访马其上校了,如果他不马上赶过去,他的报道就会漏掉这段访问。

"如果你不介意,我就插个嘴吧,我认为马其上校应该不会留在基地。"普特尼警长说,"我被叫到这里来的时候,他正在镇政府跟镇议会的诸位议员开会呢。"

"真是多谢!"简金斯先生说,"或许我可以抢在他们之前赶到那儿去。你介不介意,我开车跟在你后面回镇上去?"

"你不怕别人以为你被我逮捕了吗?"

"以后总有时间洗刷这段冤情吧。嘿,矮子!赶快把器材通通装进旅行车里,等一下跟我在镇政府前碰面。"然后简金斯先生开着车,跟在普特尼警长后面先走一步,把矮子跟一大堆器材留在码头上不管了。

我们跨上各自的脚踏车,出发前往镇上的广场。我心里有个预感,似乎有某件很刺激的事情要发生了,而我的伙伴们一定也都这

样想。大家死命地抓着把手,猛踩脚蹬子,没有人说话。

我们到达广场时,有一辆装满西瓜的超大货车停在镇政府正对面,后面的车子塞成一片。道尔警察站在路中央跟货车司机理论,不过他显然处在下风。有件事他根本没搞清楚,很不巧,货车司机刚好是贾斯帕·欧克白,他可是长毛象瀑布镇有名的狠角色。贾斯帕开了一家挺不赖的蔬菜花圃农场,位于镇旁的白叉路上,不过他向来以出言不逊闻名。道尔警察费了九牛二虎之力想让他明白,他不能老是挡住镇政府前面的街口,否则后面的交通会跟着大堵塞。

"我没有影响交通啦!"贾斯帕说,"我就是想等那辆车从路边开走,那我就可以倒车进去,在那里卸货啦。"他用手指着路边那辆没有熄火的车子。那辆车后面停了三辆空军的轿车,我猜那必定是马其上校和他的同僚开来的车子。最前面那辆显然是马其上校的座车,因为车前的保险杠上有块蓝色的车牌,上面画了一对小小的鸡翅膀。

"你要卸货?"道尔说,"你不能在这里卸货啊!况且镇政府又没人预订西瓜。贾斯帕,你到底是什么意思啦?"

"你不是做西瓜生意的吧,道尔?你是在执行警察的职责啊,"贾斯帕说,"那你干吗要知道这么多?"

"哼,如果你不把车子开走,我就展现警察的职责给你看!"道尔说道,他朝货车的车窗挥舞着警棍。

"如果你真有那么聪明,何不去把那可怕的炸弹找出来啦?那我们住在这里才会比较安心啊。"贾斯帕说道,他整个脸都涨红了。

"如果我找到炸弹,一定把它丢在你家外面的车库里!"道尔说。

他们两个还在争吵不休,这时有个人从镇政府跑出来,手里拿着一个托盘,上面全是咖啡杯,只见他爬上路边那辆没熄火的车子,把它开走了。贾斯帕发动他的货车,开始施展高超的驾驶技术,而道尔则在他附近忙着指挥交通。

"该死,你怎么不再往前开一点嘛?"道尔忍不住发牢骚,"前面那边还有很多空的停车位啊。"

"我跟你说过了,道尔,你又不是做西瓜生意的人,把你自己的事情管好就好啦。"然后贾斯帕把货车开进空位里,接着再倒退一点,刚好距离马其上校座车的车前保险杠还有三十厘米。原本有个空军士兵坐在那辆车的驾驶座里,这时他下了车,走到贾斯帕货车的车门旁:

"喂,老兄,你再往前开一点如何?这样我等一下才开得出来。上校随时都会离开这里喔。"

"我停在这里刚刚好啊,"贾斯帕说,"说真的啦,我只会在这里停一下下。喂,小弟弟,你退后一点……除非你该死的那么喜欢西瓜啦!"

贾斯帕说这话的时候,又踩了几下货车的油门,然后货车的车斗开始向上抬起,于是堆放在最上层的西瓜便掉了下来,重重地摔在马其上校座车的车盖上。

"嘿!嘿!你这个老笨蛋,你在干吗啦?"那个空军士兵叫道,"停下来!停下来!你把货物倒出来啦!"

"我知道啊！"贾斯帕说，"你等一下，等我把整个车斗给立起来喔！"

"哎哟！你刚好把货物倒在马其上校的车上了！"那个空军士兵本来冲到车门边想把门打开，但是西瓜开始从车顶上弹起来，乒乒乓乓地重重摔在人行道和街上，于是他觉得还是别打开门比较好。这时，一大堆西瓜狂泻而下猛撞车顶，听起来简直像打雷般地隆隆作响，所有人都从广场周围的商店和餐厅里跑出来，大家都想知道是不是又发生暴动事件了。一堆小孩不知从哪里跑出来，像是白蚁从木制品中钻出来一样，他们在广场上横冲直撞到处捡拾西瓜，然后在人行道上把西瓜摔裂开来。道尔又忙着指挥双向的车子全部停下来，他在路中央急得直跳脚，高举双手不停地挥舞警棍。

"贾斯帕！注意一下！你的西瓜全都掉光啦！"他尖声叫道。

"哎哟，真不好意思啊！"贾斯帕对着他吼道。

货车的车斗还是继续上升，西瓜也继续滚落，直到镇政府前面堆起三米多高的西瓜，而马其上校的车子已经埋在西瓜堆里看不见了。这时贾斯帕把车子向前开，让最后几个西瓜慢慢掉到街上，接着开始降低车斗。那个空军士兵站在路中央，难以置信地捂着嘴巴，还慢慢摇着头。道尔则忙不迭地爬到货车的脚踏板上，在贾斯帕面前用力挥动他的警棍。

"贾斯帕·欧克白！我将以毁损公物之名将你逮捕！"

"道尔，你不能逮捕我，我没有弄坏任何东西啊。"贾斯帕说道，他走下货车，还故意拨弄道尔的八字胡。

"我刚才说过了，我只是要把西瓜卸下来而已嘛。"贾斯帕的脸已经不红了，现在肯定是发紫了。

"我警告你喔！你说的任何话都可能对你不利！"

"道尔，那我也警告你喔！你最好不要说出什么话让我抓狂，不然我会做出什么蠢事，连我自己都不知道！"

"我还真怕看到贾斯帕抓狂的样子哩。"有个旁观者说道。

于是呢，一大群人围拢过来听他们吵架，而更多的人则在西瓜堆旁流连不去，他们用脚尖踢踢西瓜，再回头张望一番，看起来就像要抱个西瓜溜之大吉似的。不过小孩子就没那么客气了，他们抱起西瓜就跑，使尽吃奶的力气冲到草地上，一屁股坐下来就开始大吃特吃，连耳朵都埋到西瓜里面去了。

道尔的八字胡上下抖动，你可以听到他的假牙发出短促的碰撞声，显然他心里打定主意要说出下面这些话："贾斯帕·欧克白，如果你不打算进监狱，那就带着西瓜滚出去！我告诉你，你不可以在这里卸货！"

"那些西瓜不是我的啦，"贾斯帕说，"西瓜是上校的，那你叫他带着西瓜滚出去吧。"

"你这个老顽固，你的脑袋是不是有问题啊？"那个空军士兵说，"上校才没有订购西瓜呢。至少他不会把送货地点定在这里嘛。"

"小伙子，我没说是他订的喔。那是送给他的礼物，完全免费！而且我还有三到四卡车的西瓜要送给他，还没载完哩！"

"这老家伙是不是疯了啊？"空军士兵说道，他转身看着道尔，"你看看上校的车，你看得下去吗？"

"该死，那不是废话吗？"道尔说。

就在这时，普特尼警长和简金斯先生一起走到镇政府的台阶下方，同时还有三辆车从维西街方向冲到广场上，那群记者刚从空军基地赶过来，他们匆匆忙忙从车上跳下，忙不迭地小跑穿越公园。普特尼警长突然站住，一脚还没有落下，他看到那如小山一般的西瓜堆了，于是不禁困惑地抓抓头。他急忙走向道尔。

"道尔警员，这里是怎么啦？"

"我也搞不太清楚呢，长官。"道尔说。

"我来告诉你吧，"空军士兵说道，"你看看马其上校的车子就知道了！"

"看起来都还好嘛，"普特尼警长说，"是哪一辆？"

"这就是问题的重点了，"空军士兵说道，"因为你根本看不到！那辆车埋在西瓜下面啦！"

"埋在西瓜下面？道尔警员！那些西瓜下面有一辆车吗？"

"大概两分钟前还有吧，警长，可是我现在就不敢保证了。这还真是我所看过的最糟糕的事情呢。我实在不知道，这个镇还会发生什么鬼事情。"

"好吧，不管怎么样，这些西瓜到底堆在这里干吗？谁把西瓜倒在这里？"

"是贾斯帕·欧克白干的好事。"道尔警察用手指着贾斯帕的货车，说道，"我跟他说过不能这样做，可是他不管三七二十一就全部倒下来了。"

普特尼警长蹀步到货车旁，贾斯帕正在那儿把货车的车斗给扣紧。"贾斯帕·欧克白，我想请教你几个问题！而且你要直接回答我的问题。"警长问。

"你什么都不用问啦！"贾斯帕说，他的脸又倏地涨得飞红，"你想知道是谁把西瓜倒出来的，对吧？嗯，这里有辆货车，上面写了我的名字，而你知道我是种西瓜的，况且这附近也没看到其他货车，至少现在没啦。今天你是所有警力的长官，而你现在绝对有最好的机会进行彻底、精彩的侦办工作。不然我再给你一个提示好了。我刚把车斗升起来，然后又放下去。啊，如果你仔细看看这个车斗里面，可能会发现有一两个西瓜在底下被压扁了喔。"

贾斯帕长篇大论之时，普特尼警长一直呆立不动，只是以脚跟为重心，不断前后摇晃。

"我想问的问题不是这个啦。"他说道，"我只想知道，到底是为什么，你为什么要把整车的西瓜倒在上校的车上呢？"

贾斯帕用拇指钩住工作裤的吊带，倾身靠着他的货车。

"普特尼，你有没有做过西瓜的生意？"

"见鬼了，贾斯帕，我当然没做过西瓜生意啊。"

"那你完全不会了解那种感觉。我早上4点就起床，装满一卡车的西瓜，运到克林顿镇的市场去。然后他们告诉你，他们绝对不会买长毛象瀑布镇种的西瓜，因为那里种出来的所有东西都被污染了，而他们不能卖这种东西，因为没有人要吃长毛象瀑布镇种的东西。于是你只好把西瓜全部载回去，让长毛象瀑布镇的人吃。我知道你对这些事情完全不了解，因为你从来没有卖过西瓜。好啦，不管怎样，我心想，如果有人应该要吃这里的西瓜，那想必是空军弟兄，因为他们对原子弹这类的事情熟悉得不得了，所以他们可能很习惯吃被污染的食物。所以我想办法把西瓜送到空军基地去，可是他们在大门口就把我给挡下来，于是我带着西瓜跑到这里来，而我能够找到的唯一一个停车位，刚好就是马其上校这辆骚包轿车的前面一格，我猜它现在刚好就在这堆西瓜的下面，赶快招呼人来找找看吧。这就是我知道的所有情况，包括大家关心的西瓜，就是这样啦！还有，你应该很庆幸自己从事警察这行，而不是跑去卖西瓜！"

"真是活见鬼了！你也真是有种耶。"有个记者说道，"嘿，贾斯帕！能不能请你移驾到西瓜山前面来，让我们拍几张照片吧！"

接下来的场面由那群记者接手，普特尼警长有好一阵子无法控制局面。一大堆问题如雨点般砸到贾斯帕身上，速度之快让他无从招架，连一个问题都答不出来，而那些摄影记者几乎是暴力相向，想尽办法把他推到西瓜山顶上去，好让他们拍些照片。整个骚动事件迫使镇政府里的会议因此中断，马其上校由几位空军军官陪同，走到台阶下面来。

"喂！上校！你应该不介意到西瓜堆前面来摆个姿势，让我们拍几张照片吧！"有个摄影记者对着他大叫。

"为什么要拍照？天哪，这是什么？我的司机到哪里去了？啊，我的车子怎么了？"上校问道。

"上校啊，你的车被埋在西瓜堆下面啦。"有个记者说，"一个怪人把他载来的西瓜倒出来，刚好就倒在你车上了。他还大声嚷嚷，说什么因为西瓜受到污染，全都卖不出去，所以他索性把西瓜全都送给你了。马其上校，你是不是打算发表一点看法？"

"各位先生，请稍等一下，"葛拉罕中尉说道，他从那几个军官里面走出来，"等我们查明所有的真相，上校会立刻向大家发表谈话的。"

然后他把上校护送到旁边，他们在那里商议了一番，随后示意要普特尼警长加入他们的谈话。过了一会儿，普特尼警长又招手叫道尔过去，道尔比比划划地向他们描述刚才发生的所有情况，每当普特尼警长补充一些重点，他就忙不迭地点头如捣蒜，八字胡上上下下抖个不停。上校不时回头望着西瓜堆，一副难以置信的样子，缓缓地摇着头。然后他与葛拉罕中尉低声讨论，只见他点了好几次头。

"各位先生，"上校回到记者群里说道，"我已经了解，本地有位镇民送了一些礼物给我，显然数量相当可观哪。"

人群中爆出一阵狂笑声，记者附近挤了一大堆围观的群众，大家开始讲些风凉话："嘿，上校，再讲一次嘛！""像你有这样的'朋友'，谁还需要敌人呢？""喂，上校，你确定那些西瓜不是从飞机上投下来的吗？"

"我同时也了解，送这些西瓜给我的那位先生，他非常担心农作物受到污染。我们已经尽了非常大的努力，但是情势到现在还没有脱离危险状态。我们尚未发现炸弹，而除非我们找到炸弹，并且将它移到各位的社区之外，否则我知道，在座的有许多人晚上睡不好，白天也非常焦虑。"

当上校提到"污染"这个字眼时，许多人本来用外套之类的东西在身上藏了一个西瓜,这时纷纷让西瓜滑落到地上,每个人都以为没人会看到。刚才那群小孩正盘腿坐在树下,稀里呼噜地比赛谁吃得快,于是有个人走过去,想把小孩手上的西瓜拿走,他的举动只为他惹来高声咒骂、满身口水,外加扔到他耳朵后面的一片西瓜。

"我必须重新强调一次,"上校继续说道,"到目前为止,完全没有证据显示这个地区有放射性污染的情形。大家可以放心,各位的饮水绝对安全,本地生产的水果和蔬菜也可以安心食用,更请大家不要轻易相信负面的谣言。同时,我们正继续尽最大的努力寻找遗失的战略武器,并希望尽早将它移除。现在,我再重复说一次,请大家不要散布谣言……虽然我也常会忍不住啦。"

随后上校拿出一把折叠刀,又捡起放眼所及最硕大、最熟的西瓜。刀子轻弹出鞘,上校便动手将西瓜切成许多块,他从中间切下汁液丰美的一大片,津津有味地啃咬起来,那模样像是在吹奏口琴似的。

"哎呀!好好吃喔!"他说。

这时闪光灯频频闪烁,摄影记者开始狂拍照片。上校走到他手下的军官那里,开始分切西瓜给他们吃。葛拉罕中尉立刻咬了一大口,他表示上校说得没错,西瓜真是好吃极了,可是有几位军官表情扭曲面面相觑,看起来并不是完全赞同的样子。

"拿一块嘛!"上校说,"真的很好吃啦!"

那些军官必须在"可能死掉"和"违抗上校"之间作抉择,结果他们全部选择"可能死掉",接过上校递来的一大片西瓜,猛地一口咬下去。

人群中有人开始鼓掌，喝彩声此起彼落。马其上校又拿起一个西瓜剖开来，切成一块一块的，然后分送给那些记者和围观的人群，人群中有几个人也从口袋里掏出小刀。没过多久，所有人不是忙着切西瓜，就是拼命地把西瓜搬回家去。费迪和丁奇完全没有浪费时间，马上拿到他们的战利品，而我们其他人则没兴致在那种时候大啖西瓜。我们倒是比较想知道，简金斯先生是否会拉住马其上校，出其不意地把那个大问题丢给他。因此，我们就只是站在附近，眼看着西瓜堆慢慢消失，到最后车子终于重见天日。我们不得不佩服，上校这一招实在漂亮。

上校的半边脸都埋到一大块西瓜里面去了，那群摄影记者还忙着猎取镜头，而简金斯先生和其他记者则开始轮番炮轰他：

"上校，有关炸弹的事有没有什么进展啊？"

"上校，我们可不可以引述你刚才的谈话内容，就是这地区没有危险的放射性物质那部分？而你真的确定吗？"

"上校，你真的确定炸弹不可能掉在湖里吗？"

"上校，可否请你谈谈马上要进行的计划？搜索工作目前主要在哪里进行？"

上校态度温和地挥挥手，要大家别再问了，随后拉出手帕擦擦嘴巴，说道："各位先生，我很希望能够帮大家的忙，但事实上，目前我确实没有新的消息可以提供给各位。"

"那么，或许我们有些消息可以提供给你哟，上校。"简金斯先生说道，"我们有足够的理由相信，炸弹已经找到了！"

"我可以向各位保证,我们尚未找到炸弹。"

"我们知道你们还没找到,上校。"那个总是把外套搭在手上的记者说道,"不过有人告诉我们,炸弹已经现身了。而且不只如此,我们知道炸弹在哪里!"

"你们知道它在哪里?"

"这样说好了,我们认为,我们知道它在哪里。"简金斯先生谨慎地说道,"上校,这是最后一次请求,我们希望你能够向我们说明,这些小孩是否真的所言不假?"

"你到底在说什么啊?什么小孩?喔,就是昨天在这里拿着地图的年轻人,对吧?"

"没错!"

"我先前跟各位先生说过,我们已经彻底搜索了那个湖区,因此不会有任何的补充说明。"

"唔,上校,且慢。"另一个记者说道,他把嘴里的大雪茄换了个位置,"我们刚才在湖面上看到一个巨大的橘色气球,在它周围二点五公里的范围内没有任何人喔,不过它就这样突然出现了。是这个小孩让它凭空冒出来的,他用了不知什么无线电玩意儿,还耍了一堆花招。这小孩宣称,那个气球就固定在炸弹所在的位置噢。今天早上看过那场面以后,除非你能证明他是错的,不然我会相信他说的话。也就是说啊,上校,如果你不好好进行调查,我们报社就会刊出详细的报道,主要关于这些小孩如何找到炸弹的位置,而空军方面又是如何拒绝调查。"

"慢着慢着!"葛拉罕中尉忙着解释,"上校并不是这样说的啦！"

"咦，我听到的就是这样啊，"那记者说道，"我才不管他措词如何呢。"

"那个橘色大气球是怎么回事？"上校问道。

"你自己去湖边亲眼看看，"那个记者说，"它还在那里啊。"

"你们是在开我玩笑吗？"上校问道，"草莓湖列为禁区已经有三天之久，怎么可能有人到湖面上绑个气球呢？"

"他们到底怎么办到的，还有到底什么时候搞的鬼，我是不知道啦。"记者说道，"不过，现在湖面上确实有气球，而且这些小孩说，如果你派几个潜水员潜到下面绳索的末端，你们就会发现炸弹。上校，你现在打算怎么办？"

"这个嘛……"上校说，"我还没亲眼看到气球，不过我相信你说的话，就算它在那里好了，可是那也不能证明任何事情。除非有人拿出证据给我看，而且那证据值得我们再度派出潜水员，否则我不打算展开任何行动。"

"非常感谢各位先生，"葛拉罕中尉适时介入这场僵局，"请各位随时与我的办公室保持联络，如果情势有任何新发展，我们会尽快通知各位。"

那群记者议论纷纷，而葛拉罕中尉随即护着马其上校走向他的座车。摄影师矮子本来想要抢个好位置，拍摄上校进入座车的画面，但他踩到一块多汁的西瓜皮被滑倒，结果右耳着地，平趴在地上。就在这时，亨利拉住简金斯先生的胳膊肘儿，从衬衫里拿出照片。

"中尉请留步，"简金斯先生说，"我这儿有样东西，上校实在应该看一看。"然后他从亨利手上接过照片，把它塞到上校面前。

"那是什么？"上校问道。

"啊，我还指望你能告诉我呢，上校。那是氢弹吗？"

"看起来挺像……可是，"上校的语气有点迟疑，"这张照片实在有点暗哪。"

"它是在水里拍的。"简金斯先生向他解释。

"那张照片实属机密！"葛拉罕中尉回头瞥了上校一眼说道，"你在哪里拍到的？"

"那不重要。这是氢弹吗？"

另外有好几个记者瞄到上校面前的照片，大家都惊讶得面面相觑。

"这个嘛，简金斯先生，"上校缓缓说道，"如果照片里拍的不是氢弹，那我得说，仿造的功夫相当好。不过我很想知道，你在哪里得到这张照片的？"

"我无法回答这个问题，上校。不过有人告诉我，这张照片是昨天晚上在草莓湖里拍到的。"

上校轻蔑地笑出声，而他身边的几个军官则是忍不住放声大笑。

"你要我相信这种谎话？简金斯先生，你该不会是认真的吧？我不知道你从哪里找来那张照片，不过它看起来很像是个核武器……而且就像葛拉罕中尉说的，它还可能是高度机密呢！我想啊，你应该把照片交给我们的工作人员，让他们好好调查一番，以便确认它来自何方！"

葛拉罕中尉伸手要拿照片,可是简金斯先生把手缩回去,让他拿不到。

　　"还不到时候呢,中尉。这张照片还不能给你!"简金斯先生说。

　　"简金斯先生,坦白地说,我觉得有人在扯你后腿。"上校说,"那张照片说不定是从某本空军手册上复制下来的,如果你把它交给葛拉罕中尉,我们会试着找出照片的出处。我猜你也是受害者,一定是有人意图散布消息,说那张照片上的就是这回遗失的炸弹。这真是非常巧妙的噱头,但是我们没时间应付这种噱头。我们手上的问题非常棘手,需要全神贯注才能解决。"

　　"上校,可以麻烦你再说一次吗?"好几个记者问道,"上校,我们可以把这段话录下来吗?"又有其他人说。突然间有四只麦克风伸到上校面前。

　　正当这番场景上演时,简金斯先生觉得又有人拉拉他的袖子,他定睛一看,原来是亨利拿了一只小型放大镜塞给他。

　　"简金斯先生,我跟你说过,照片上有个东西你还没注意到喔,"亨利说,"就在我指的地方,仔细看看吧。"

　　简金斯先生用放大镜眯着眼睛仔细看,然后他一扫先前的疑虑。"看起来像是某种数字耶,"他说,"而且还有一整排又臭又长的字呢!哈哈哈,亨利,这就是你的王牌吗?"

　　"如果你很想看他们翻白眼的样子,就叫上校把数字念出来吧。而假使情况跟我想的一样,他念出了一长串数字,那么你买汉堡请我们这伙人吃,如何?我们都快饿死了!"

　　"你说的算!"简金斯先生说。于是他快步走过去,一堆记者正在那儿录制马其上校的谈话。"马其上校,长官!在你继续让大家录下谈话之前,我想你应该更仔细地看看这张照片。"他看着葛拉罕中尉,开心地咧嘴笑着说,"我只是觉得,如果上校还没检视所有的证据,就先发表谈话,对他来说并不是很公平啦。"

葛拉罕中尉点点头,看起来有点心虚的样子,可是上校对于简金斯先生突然插嘴感到有点不耐烦,他被简金斯先生惹火了。

"又怎么了?"他很简短地问道。

"我只是觉得,你应该更仔细地看看这张照片……用这个看。"他把照片举高,用手指着它。

上校拿着放大镜,眯起一只眼睛仔细地瞧,然后他抬起头来看着简金斯先生,然后他用另一只眼睛凝视放大镜。他又抬起头来,眼神迷蒙。

"李察森!"他大吼道,"你过来看看这张照片!"

一个神情紧张的少校快步向前走来,仔细端详那张照片,特别是上校用手指的地方。

"那个编号是我们正在寻找的武器的吗?或者不是?"

少校急急忙忙从胸前的口袋里抽出一个小笔记本,一页页翻开查看。然后他又仔细地审视照片。

"我不知道这是怎么回事,"他说,"我不知道这是怎么回事。不可能啊!"

"喂,数字对吗?或者不对?"

"是对的!"少校点点头说道,"可是我不明白这到底是怎么回事。怎么可能有人拍到这张照片?"

"看来，我们不明白的事情可多着呢！"上校说道，"简金斯先生！我看啊，你要解释的事情可多了。我再问你一次，你从哪里弄到这张照片的？"

"我跟你说过了，无可奉告。"简金斯先生说。

"上校，原谅我插个嘴。"嘴里叼着大雪茄的记者说道，他边说边装上广角镜头，以便让上校和简金斯先生一同入镜，"在我看来，还有很多事要解释的人，恐怕是上校你才对啊。现在呢……"

"照片的底片在哪里？"名叫李察森的少校提出要求，"你刚才说，它是昨天晚上在湖里拍的。底片一定在某人手上，而我要求你把它交出来。那是军事机密！"

"慢着，老兄，"大雪茄记者说道，他用手指戳戳少校的鼻子下面，"我认为，我正向上校提出一个非常重要的问题，而你打断我的问题了。现在呢，你最好退后一点，不要插嘴，让我把问题问完！"

"葛拉罕中尉，我想情况有点失控了。"上校说。

"是的，长官！"中尉表示同意。

"现在呢，如同我刚刚说的，"大雪茄记者继续说，"上校，我想你们才是需要把事情解释清楚的人，因为他们早在昨天早上就已经知道炸弹的位置了。不过我先得承认，昨天我也不相信他们说的话。可是今天早上我看到那个橘色的大气球，它不知从哪里突然冒出来，加上我现在又看到炸弹的照片，结果你们的军官也承认序号是正确的。然而，你们似乎只关心照片的来源哪。上校，请听我发自良心的建议，如果你希望你的鼻子会用印刷油墨印在全国的报纸上，你就只管在这里不断骚扰简金斯先生，问他照片到底从哪里来的吧。不过有件事你可能会很感兴趣，我的编辑并没有对这张照片嗤之以鼻喔，而他更想知道的是，你到底打算如何处理那颗炸弹呢？所以啊，我认为你应该用不到二十五个字的句子告诉我们，你当前的计划到底是什么！"

"我们要立刻派潜水员出发，到达气球系缚的地方去！"上校说道，他以愤怒的眼神紧紧盯着李察森少校。

"上校，所谓的'立刻'是指什么时候啊？"

"今天下午！"

"谢谢您，上校。我想我现在可以发稿了。"

大雪茄记者转身走开，其他那些记者则扬起一阵欢呼声，当然也包括一大堆旁观者，他们吃完西瓜大餐之后都还没走开呢。

"麦克！多谢你的帮忙！"简金斯先生对大雪茄先生说，"上校根本是要让我难堪，而我是不想逼他逼得太紧啦。"

"不客气，杰克！要我对他们逼紧一点，我是不介意啦，有时候得挫挫他们的锐气才行。"

"喂，麦克，顺便问一下，你见过'摩里根教授'吗？哈，亨利！这位是厄尔·麦克康柏，他正在帮美联社跑这条新闻。"

"教授？我以为是摩里根博士哩！我得赶紧跟办公室做个更正才行。"麦克康柏先生一边说着，一边忍不住捧腹大笑，"小弟弟，很荣幸有机会认识你。"然后他用巨大的手掌握着亨利那瘦骨嶙峋的手。而亨利稍微屈膝，以他那尖细的声音说道："先生，我也很高兴能够认识您！"

"小弟弟，你们这群小子搞了一场很盛大的表演喔！"麦克康柏先生继续说道,"不过,现在到了说实话的时候。我们马上就会知道,你们到底是不是在扯我们的后腿。"

他随后昂首阔步穿过公园,走向布里斯托旅馆,准备打电话报告他的报道内容。

危机四伏

等麦克康柏先生一离开,简金斯先生便赶紧逮住上校,要求他在电视摄像机前面重申他的立场,而其他记者也拿着录音机跑过来凑热闹。这时候,广场上的群众早已消失无踪,大家不是赶快冲回家,就是以最快的速度找部电话,分头把最新的消息立刻传播出去。广场上只剩下一小群消防队员,道尔警察把他们从消防队叫来,请他们用水管冲洗人行道,将先前遭逢西瓜大浩劫而脏乱不堪的地方清洁干净。

哈蒙想让消防队员的工作尽可能"轻松愉快",于是他伙同另外两个朋友,带头玩起丢西瓜皮的游戏,到最后竟然聚集了一大群人。他们在几棵树之间藏来躲去,彼此互丢又大又多汁的西瓜皮,看谁先用一大块西瓜皮把消防队员的安全帽给 K 下来。最先 K 到的人是史东尼·马汀,他一看到安全帽掉到地上,就忍不住像土狼一样开始放声号叫,却忘了要随时注意四周的攻势。两个消防队员举起高压水柱对准他猛射，射得他瘫倒在草地上爬不起来。

史东尼挣扎着跪起身子，像是在拳击场上被击成半倒般地喘着气。他和他的朋友离开广场时，活脱脱像是两只吓破胆的小兔子。

"他们就是找到炸弹的那些小孩吗？"马其上校问道。

"我不认识他们，上校。我没见过那些小孩。"简金斯先生说。

哈蒙悠闲地晃回我们这儿来，两手的大拇指插在裤子口袋里，脸上露出得意的、愚蠢的笑容。

"你给我滚出这里，哈蒙！"杰夫咬牙切齿地说，"还有，你再也不准回来！"

哈蒙的笑容从脸上逐渐消散。他开始破口大骂，而且从口袋里抽出双手，握紧拳头。不过他一看见杰夫眼里的怒火，便马上把手放回口袋里，一脸满足的模样，还朝我的手臂丢了一把西瓜子。随后他转身走开，踩着蹒跚的步伐走向维西街。而他还真的再也没有回来，只是我们有时会想起这个麻烦人物。

马其上校正打算走到他停车的地方，当他走到杰夫和亨利面前时，突然停下脚步。

"李察森，你也知道……有件事我真是百思不得其解。"马其上校对着一直走在他身后的少校说道，"你很肯定地说，我们的潜水员把整个湖床都找遍了，也沿着航线全部搜索过……我猜想，他们应该都是专业的潜水员吧。假设这些小孩真的找到炸弹，那他们到底是怎么办到的？我实在是无法想像耶。你的潜水员怎么可能找不到呢？"

少校大大地吸了一口气。

"报告上校,那个区域非常非常深!可能有六十米深!"少校回答。

"我才不管那里有多深。重点在于,他们到底有没有搜索那附近的湖床啊?"

"炸弹并不是掉在湖床上,长官。"杰夫自告奋勇地说道,"它掉在一个洞穴里。"

"在洞穴里?"

"没错,长官!"

"你也知道,长官。"亨利向他解释,"湖底有道山脊,刚好从半岛岬往湖心方向伸去。这道山脊并不宽,不过它朝向湖心伸出一段距离,大约有三百米长吧,而山脊距离水面的深度大概只有九米深。也就是在这里的磁场之中,磁力计的指针发生了大幅偏转的情形,于是我们就在此处山脊的南面斜坡下方大约六米深处,发现了那个洞穴。"

"刚开始看不到洞穴,"杰夫补充说道,"因为洞口覆满了长长的水草。不过,如果你的潜水员沿着气球下方的绳索潜入水中,他们必定会在洞口找到我的船锚。"

"还有,要小心附近有鲑鱼喔!"费迪说道,"查理说,那里有个真正的大家伙呢。"

上校面露微笑,但随后又转为严肃的表情。

"你们这些小孩竟然做了这么多事,可是你们到底是怎么到湖面上去的啊?这真的是你们的杰作吗?"

"那可是最高机密呢!"莫泰蒙立刻接口,连李察森少校都忍不住扑哧一声笑出来。

"嗯，各位先生，我稍后再来收拾你们。"上校说道，他的神情又转为严肃，"我们现在有很多事要做呢。"然后他走向座车。

还有几个记者在附近徘徊，上校打算坐进车子里，可是那些记者仍然缠着他不放。记者们想知道，他们是否可以跟潜水员一起潜到水面下，在旁边观看整个打捞作业。但上校只是一个劲儿地猛挥手。

"当然不行！"他说，"不仅因为那是一项机密装置，而且如果有任何平民在这个过程中受了伤，我实在没办法负起这样的责任。实在太危险了。"

"上校，你的意思是说，那东西可能会爆炸？"

"上校并没有这样说啊！"葛拉罕中尉插嘴道。

"平时执行飞行训练任务时，这些装置并不会启动爆破按钮。"上校向大家解释，"只有当国家发生紧急情况，还有实际执行战略任务时，才会启动它们的爆破装置……即便如此，也要等飞机抵达目标区才会启动。我想我已经解释得够清楚了。此外，这些武器还装有传统炸药，主要用来引爆核装置。我最担心的便是那些传统炸药，因为要处理这类军械装备时，再多的预防措施永远都嫌不够。"

"对各位来说，这样的解释应该够清楚了吧？"葛拉罕中尉问道。

虽然还是有人咕哝了几声，不过多数记者都点点头。于是那三辆空军军车赶紧从路边开走，轮胎还因高速而发出吱吱声。街上留有几片滑滑黏黏的西瓜皮，马其上校的座车看起来也是很湿很黏的样子；我心想，反正等车子回到空军基地，必定会好好清洗一番的。

等那几辆车子驶离视线以外,亨利抬头看看简金斯先生,于是简金斯先生开始计算人头。

"我欠你们每人一个汉堡吧。我看看啊……四、六、七。咦,我以为你们有八个人耶。那个摔进湖里的小子怎么了?"

"他再也没浮起来。"费迪说。

"啊?怎么会呢?我看到你们有人帮他爬上码头啊。"

"噢,你说那个小子啊,"费迪说,"他再也不是我们的成员了。他实在是个超级大嘴巴,所以我们投票决定开除他,他根本不配当个科学家。"

"他简直让我们俱乐部蒙羞。"丁奇说。

"好啦,好啦!你们说的就算,我只是要确定没有算错人数。好吧!请各位带路,你们一定知道镇上最棒的餐厅是哪一家。"

于是我们浩浩荡荡穿过广场,走进布里斯托旅馆内的"老牛餐馆"。

布里斯托旅馆曾经是个相当高档的地方,许多商人和一般旅客都喜欢造访这里,他们往往搭火车到长毛象瀑布镇来,通常在这里住一夜,隔天再搭火车离开。可是到了现在,旅馆变得既老旧又破败,很少有人再到长毛象瀑布镇来过夜了。布里斯托旅馆和镇上的其他两家小旅馆一样,大多数的房间已经关闭停业,除非镇上发生了惊天动地的大事件,例如空军空投炸弹之类的怪事。许多餐馆也面临同样的惨况。

以前布里斯托旅馆有个豪华的餐厅,天花板装饰了巨大的水晶吊灯,桌上有餐巾、白色的锦缎桌布,椅子套上红色的天鹅绒布,地上铺有七八毫米厚的东方地毯，墙上镶着美丽的象牙白色嵌板，上头还装点了金色的叶子，而天花板被漆成浅浅的蓝绿色，更画上许多天真无邪的可爱小孩，四周飞绕着许多小天使……一大堆这类的豪华装饰。

我爷爷以前曾经跟我说过这个餐厅的点点滴滴，到现在接待处后面的墙上还挂着许多以前拍的照片。爷爷说，一旦有机会到那里用餐，每个人都会盛装出席，而你会有种错觉，以为自己身在某个美丽的古老宫廷，身边有许多仆役环绕，而你仿佛就是这里的主人。

如今，这里已经变成一间会议室，大约每个月会使用两次，举办募款餐会、狮子会和母女会之类的活动。墙壁早已用某种闪闪发亮的墙板包覆住，天花板本来装设吊灯的地方则以荧光光束代之，地板铺上某种亚麻油布，而房间的一端有个光秃秃的舞台，两边角落伸出两个大喇叭，它们是演讲时的播音设备。

但是经营布里斯托旅馆的普理查德老先生说，这间餐厅已经不赚钱了，而且看起来情况并不会好转，除非能够跟上时代变化的脚步。老旧的"长毛象瀑布镇驿旅"就是个好例子，它原本比布里斯托旅馆的规模更大、更豪华，房子本身是美丽且雄伟的花岗岩建筑，门前有整排大理石柱和气派的圆形车道，宾客可以驾着四轮马车直抵大门，马儿也有拴马柱可以歇息。可是，等到再也没人驾驶四轮马车之后，"长毛象瀑布镇驿旅"便由拆除大队完全消灭，而这已经是我出生之前的事了。它原本矗立的那个街角，这会儿变成一座加油站，老是把镇上广场弄得臭气熏天。然而，普理查德先生一

定会说:"那是必然的发展!"就算是吧!不然你比较想闻哪一种味道?是汽油味,还是马儿的粪便味?

尽管长毛象瀑布镇近年来风光不再,但镇上还是有些好东西留了下来,布里斯托旅馆的老牛餐馆便是其中之一。老牛餐馆的汉堡要价三十五美分;当然啦,你再往右手边走几步路就会看到"杰克好手",那里的汉堡只卖十五美分,可是"老牛"的汉堡大得多,而且还额外放了些酸菜和一片莴苣。我是从来不吃莴苣的,不过它铺在盘子上面实在赏心悦目,而且"老牛"用的是真正的陶盘,不像在"杰克",只用一块厚纸板垫着。还有,在"老牛"有大大的餐巾纸可以用,而不是薄薄的一小张。我想,几乎每个人都会这样说,布里斯托的汉堡绝对是镇上的第一名。不过,在"杰克好手"可以吃到最棒的松饼就是了。

我们浩浩荡荡地走进去,一眼就看到麦克康柏先生一个人坐在雅座里,啜饮着一杯咖啡。简金斯先生请服务生拉张桌子放在雅座旁边,我们就可以全部挤进去跟他坐在一起,而丁奇当然就坐在桌子末端靠走道那边,结果只要一有人走过,不是撞到他坐的椅子,就是不小心用胳膊肘儿打到他的头。

"各位小朋友,你们要点什么样的汉堡啊?"服务生还没等我们想好就开始问了。

"我不要吃汉堡,"费迪说,"我只要吃鲔鱼花生酱三明治,噢,再加上一杯柠檬汽水好了。"

服务生的脸有点绿,不过还是把它记在单子上,嘴里喃喃念叨:"我得查查看。我不知道菜单上面有没有这个。"

"还有，请给我一点盐巴好吗？"费迪说。

服务生伸手越过每个人的头顶，把盐罐推到他面前。当其他人陆陆续续点菜时，费迪便从衬衫里掏出一大片西瓜，在上头随意撒点盐巴就开始大快朵颐。他的样子像是一整天都没吃东西似的。

"来张餐巾纸吧！"费迪跟服务生说，顺便舔舔他的手腕内侧，有些西瓜汁顺着手腕流淌下来。

服务生难以置信地看着他，那眼神仿佛他是某种可怕的虫子似的，不过服务生还是从桌上的纸巾盒里抽出两张纸巾递给他。麦克康柏先生安静地坐着，默默搅动他的咖啡，他看着费迪狼吞虎咽钻到西瓜里的模样，只是慢慢地左右摇晃他的脑袋。

"哇，这种场面可真是亲眼看见才会相信哪！"他对简金斯先生说，并朝向费迪的方向摇头示意，"我好像听到他点鲔鱼花生酱三明治，是真的吗？"

"我听到的也是这样，"简金斯先生说，"哎呀，随便听听就算了啦。"

"说得也是！如果我把这些小孩写成新闻交回办公室，他们一定不会相信啦。他们会认为全是我自己掰出来的。"

"说不定还会被炒鱿鱼，"简金斯附和道，"要记得，绝对不能把你看到和听到的每件事都写出来。"

"对了，我听说上校真的逮到一些家伙，他们想偷偷溜进去观看潜水作业，是真的吗？"

"是啊，没错。结果他们只讨到一顿痛骂，八成是再听一遍原子弹要怎样才会炸开之类的事情吧。"

"唉,那些人还真是笨哪!"麦克康柏先生说道,"你总该知道何时可以把鼻子凑上去,而何时又不该哪。何必拿你自己的鼻子去撞墙呢?我想,他们只是让自己白白登上那个中尉的黑名单罢了。"

"是喔,我怎么想不到呢?"简金斯先生揶揄他。

"听我的就对了。你看看我的状况吧,我跑到一条新闻,而且已经打电话回报了。但那些人只得到一句超级愚蠢的'不行',而且还让自己名列笨蛋之林。我就说嘛!你得知道何时才能把鼻子凑上去。"

"好啦!"简金斯先生大笑,"不管怎样,等到他们把炸弹捞上来,我自己也很想亲眼瞧瞧,毕竟这是整个郡期盼已久的大新闻嘛!"

"哇哈哈,是啦,哈哈!"麦克康柏先生也笑了,"你亲眼看到打捞作业的机会,大概跟小猪待在屠宰场里的机会一样多吧。唉,你还不如乖乖待在这里,跟我们其他人一起等,看看空军何时会宣布这种信息:'各位看哪!我们找到了。而各位如果能够谨守秩序,我们便允许各位从三百米之外的距离拍些照片!'所以你不如放轻松一点,好好享受这次旅行吧。你瞧瞧,你可以领津贴,你已经超过二十一岁了,而且老婆又觉得你正在辛苦工作……所以你还担心什么呢?"

"你很想看到他们把炸弹捞起来的那一刻吗?"亨利问道,他的声音小得像蚊子叫。这时候,服务生拿着近一米长的装满汉堡的盘子出现了。

麦克康柏先生和简金斯先生都看着亨利。

"噢,真是抱歉,'教授',"麦克康柏先生说,他还从椅子上微微起身致意,"我差点忘记你也在这里哪。"

"没关系啦,"亨利说,"我只是想提醒你,假如你真想看他们如何打捞炸弹,根本不需要得到马其上校的允许喔。"

"亨利,你的意思是?"简金斯先生说,他和麦克康柏先生彼此交换了一个眼神,"你的袖子里是不是还藏有别的魔术啊?"

"才不需要用到魔术呢,"亨利说,"只需要用大脑就够了。也就是说,如果你有必要的装备就行。"

麦克康柏先生被嘴里的咖啡给呛到了,咳得说不出话来,而且他整张脸涨得通红,因为要拼命忍住不笑出来。

"噢,真是抱歉,我不是那个意思啦。"亨利很快地说,"我的意思是说,嗯,矮子先生有只望远镜头,对吧?"

麦克康柏先生又呛到了,而这回他把咖啡喷出来,喷得面前的桌上到处都是。简金斯先生赶紧帮他拍拍背。

"'矮子先生!'你这样称呼未免太严肃了一点吧!"他喘得讲不出几个字,结结巴巴地说道,"哎哟,摩里根教授,你真是个怪人嗳。不要这么见外嘛,我们其他人都只是叫他矮子博士啦!"然后麦克康柏先生又大吼一声,他激动地用力拍打桌子,眼泪从他脸颊上汩汩流下。他笑得实在太夸张了,这时亨利的脸又稍稍泛红。

"是啊,矮子有很多镜头,"简金斯先生说道,"就看你想要用哪只镜头拍照。"

"他需要用上最长的镜头。"亨利说,"对了,你们有没有录音座和监视屏幕呢?"

"没有,我们通常只是在现场把画面拍下来,然后回到摄影棚内才重新看一次。亨利,你有什么想法?如果真的需要这些仪器,我可以叫'我看电视台'把它们送到这里来。不过我想,最快大概要到今天晚上才能送到喔。"

"还有个更好的办法,"亨利说,"克林顿镇有个电视台,就是'我眼电视台'。我敢打赌,如果你答应送他们一卷拍好的拷贝,他们一定肯把录音座和监视屏幕借给你。你开车过去,再回到这里来,要不了一小时。"

"噢,我认识'我眼'的人,"简金斯先生说,"他们帮我把拍好的东西传送回'我看'。那么,我答应要给他们的带子,到底会拍些什么东西呢?"

"当然是打捞作业的整个过程。"亨利说,"其实没什么啦,草莓湖西边有很多小丘陵,那上面的视野非常好,你可以清楚地看到他们准备潜水的区域。举例来说,旧锌矿场的位置就不错,你们可以从大型碎石机四周的狭窄通道爬上去,矿场以前用这台机器把矿石全部压碎。然后你可以在上面架好望远镜头,整个过程看起来就变得很近喽。没有人会发现你们的踪影,而且上面位置很高,你们也不必担心会被警察的巡逻车发现。"

简金斯先生的眼睛开始闪耀光芒:"喂,亨利,这真是当头棒喝啊!我怎么没想到呢?不过,为什么要带着录音座和电视监视器啊?"

"这个嘛,"亨利说,他的脸又略微泛红了,然后他伸手推推盘子里的莴苣叶,"我是这样想啦,既然我提了这个点子,如果我们全都可以跟去是最好啦……而且假如把矮子的摄像机装到录音座上，再连接监视屏幕……那我们就可以坐在山上观看全程实况……就像是看电视转播一样！"

这时候有个微弱的扑通声，然后杯子里发出塞塞窣窣的声音，原来是麦克康柏先生的雪茄掉进咖啡杯里了。他的下巴已经整个掉下来了，他坐在椅子上瞪着亨利。然后他看看简金斯先生。

"杰克，这小孩是玩儿真的吗？"他说，"我对你们之间的游戏模式实在不够了解，所以不晓得他对自己有多少把握。不过对我来说，这个计划听起来很棒耶！真的可行吗？"

"当然可行，这种事每天都在做嘛，转播美式足球赛就是用这种方法，还有其他的现场转播也都是这样做的。为什么不是我想到的呢？对了，只有一个问题要解决，一定要带够电池才行，打捞作业必定会持续整个下午。"

"电池的问题倒是不必担心，"亨利说，"杰夫的爸爸有一台三千瓦的发电机，你知道的，就是那种军队的剩余物资。这样一来，电力就足够了，对吧？"

"哇，那远远超过我们所需。我们可以借用吗？"

"你还得借一辆吉普车来拖动它。"杰夫说，"不管怎么样，一定要有吉普车，不然光用你自己那辆旅行车，是绝对到不了锌矿场那里的。"

"你们这些小家伙的头脑还真是一座宝库呢，"麦克康柏先生说，"你们有没有缺什么东西啊？"

"我们缺食物，"费迪赶紧说，"昨天我几乎没吃东西耶，只吃了

一些香蕉而已。"

麦克康柏先生又被咖啡呛到了。"这样好了,"他说,"如果真的能到那里观看整个过程,我就买汽水和汉堡给你们当午餐。"

大家不禁欢呼"好耶!"还有"我们当然要买!"之类的话。这时麦克康柏先生又差点被咖啡呛到,丁奇便兴奋地用力捶他的背。简金斯先生笑着摇摇头,他看着桌旁的费迪。

"你昨天午餐和晚餐真的都没吃东西吗?我实在不太相信耶!"简金斯先生问。

"啊,那不算啦!"费迪说,"正餐之间多吃的东西才会让我有饱足感。我妈妈常常说,假如你想当科学家,就要吃得有营养一点,这样才有强壮的身体嘛。"

"我实在搞不懂,当科学家有那么重要吗?"简金斯先生说。

"我也搞不懂呀!"费迪说,"不过,关于吃东西那部分,我是觉得很有道理啦。"

"费迪,你知道我有什么感想吗?我觉得如果没有你,这整件事就不会那么有趣了!"简金斯先生说完便站起身,挥挥手要服务生拿账单过来。

两小时之后,我们一行人全都用力推着吉普车;爬上最后这一段陡坡,才会到达旧锌矿场的碎石机那儿。除了杰夫负责握方向盘外,我们所有人都一齐推车。噢,还有矮子摄影师除外,他在吉普车两边绕来绕去,确保他的摄影器材和录像设备不会掉下来。我们把发电机拖车停在大型碎石机底下,将电线沿着机器四周的狭窄通道向上拉,大概拉到碎石机一半高的地方。大家很快便在上面坐好，目不转睛地盯着电视监视器，而莫泰蒙和丁奇则爬到前面两棵树上，他们砍掉几段枝丫，以免把矮子拍摄湖面的视线挡住了。

"哇！这简直像是参加一场中国式的丧礼，而大家排排坐在五十米在线观看。"麦克康柏先生说道，他背靠着碎石机壳，以帽子盖住脸，嘴边叼着一枝没有点燃的雪茄摇来晃去，然后闭上眼睛，"矮子，等第一场好戏上演的时候，再叫我，要记得喔！"

那时早已过了下午两点，而我们一直没看到湖面上有任何动静，因此要吃到汉堡也遥遥无期。终于有两艘巡逻艇出现了！过一会儿又来了一艘拖船，后面拖着个像是大型橡胶筏的东西，上面有一架起重机。我们从来没在湖上见过这种东西，简金斯先生向我们解释，那些是陆军工兵的装备，前几天炸弹刚刚弄丢的时候，他们用平底货运火车载到这里来的。

我们坐在上面看了好几个小时，潜水员不断地自巡逻艇的一边跳下水去，又浮出水面，重新把氧气筒灌满气体。矮子的摄像机装了一只很棒的变焦镜头，一旦某艘船似乎发生了一些情况，矮子就把景象放大，让我们把每个动作都看个一清二楚，你几乎可以读出巡逻艇甲板上某些人嘴里说的话。可是这情景实在也是很无聊啦，看不出来他们到底何时才会把炸弹捞起来。马其上校站在潜水员使用的船上，潜水员不断回到船上来，比比划划地跟上校汇报，我们无法了解那些手势代表什么意思。无论如何，情况似乎越来越明显了，他们八成遇上了某种棘手的问题。

"我敢确定，他们现在应该找到炸弹了。"莫泰蒙喃喃自语道，"或许我们应该画张地图交给他们。"

"说不定炸弹已经爆炸，所以不见了。"丁奇说道。

"你白痴啊！"费迪说，"如果炸弹爆炸了，那我们也会听到呀！"

"水底很深耶！"丁奇不信邪。

"拜托喔！你难道没见过原子弹的蘑菇云吗？那种云比一栋房子还大，而且会直直冲上云霄耶！"

"对喔，我看过，是很大一坨啦。可是说不定这次的蘑菇云会向下钻，而不是向上冲起呢。"

费迪一脸不屑的样子，嘴唇高高翘起，轻蔑地哼了一声："喂，你完全没有科学概念嘛，对吧？"

"我如果看到蘑菇云当然认得，可是我们现在没看到啊！"

"所有的情况都显示，那颗炸弹绝对没爆炸。"费迪说，他还真有耐心哩，"如果它炸了，那么你必死无疑！咦，或许这是个好主意喔。"他最后再加了一句，然后又跟平常一样打了个饱嗝。

"噢，拜托！你肚子里那么多气体，就是会吹牛而已！"丁奇向他吐口水，而且气得紧紧握起拳头，然后冲向费迪，两只手乱打一通。费迪赶紧跑到通道下面去，消失在转角处，丁奇则在后面紧追不舍。

麦克康柏先生看到这一幕，整个人几乎笑倒在通道上，他正在抽的雪茄滚到旁边，一小撮熄灭的烟草散落开来；杰夫走下阶梯把它捡回来，免得引发火灾。而费迪和丁奇正在碎石机的另一边打成一团，莫泰蒙跑过去把他们两人架开。莫泰蒙叫他们握手言和，还威胁说，如果再打起来，就要揍他们的头，于是两个人安静下来不再吵了。我老爸说，假如你要阻止两个人打架，最好的方法就是用某件可怕的事情威胁他们。我不知道有没有用，不过这次果然有效，费迪和丁奇都乖乖坐下来看电视，两个人都背靠碎石机，彼此偷瞄对方。

我们看到潜水员再度下潜，等到他们浮上来，又和马其上校及陆军军官讨论良久；那个陆军军官站在甲板上，旁边站了两个身着便服的人。他们继续说着话，这时有一艘巡逻艇先离开，随后又开回来时，后面拖了一个巨大的红色浮标。潜水员再度翻下船边，将浮标固定在我们的气球那儿，然后把气球拖到旁边，将里面的气体全部放掉，而三艘船随即全数开回岸边，后面仍拖着那个巨大的橡胶筏。

"这到底是什么意思啊？"麦克康柏先生站起身来沉吟道，"在我看来，他们什么事也没做，只不过是在闲扯淡罢了。"

"真是把我给考倒了！"简金斯先生说，"我们最好回到镇上去，看看他们是不是又要发表什么谈话。现在已经 4 点了，我得赶紧开车回到克林顿镇，把这些设备还给电视台。"

"真抱歉，他们没把炸弹捞上来。"亨利说，"我不晓得到底哪里出了问题。"

"没关系啦！"简金斯先生说，他轻拍着亨利的背，"你让我们看了一场精彩的表演，别人根本拍不到这种打捞作业的画面，我应该把它放在重要的时段来报道才对哟。"

"好耶，来个独家吧！"麦克康柏先生评论道，"不过你得注意几件事，最好等到空军那些家伙转台看今天晚上的新闻时，你再播出这则报道。他们八成想破头也猜不到你是怎么拍的。不过他们可能

会采取一些措施,让你没办法再拍到其他的画面。"

"抢到独家报道,总是要付出这类代价嘛。"简金斯先生无奈地耸耸肩,"假如他们这样找麻烦,我就把责任推到摩里根教授的头上。这全是他计划出来的。"

没看到炸弹起出水面,我们都有点失望。不过大家也都很好奇地想知道,那些人在巡逻艇的甲板上进行冗长的讨论,他们到底在玩些什么花样呢?因此,我们以最快的速度把装备全部抬上吉普车,迅速地冲下小径,回到简金斯先生停放旅行车的地方。抵达镇上之后,我们先是直奔布里斯托旅馆,那里可说是记者的大本营,拥入镇上的多数记者都住在那儿。这当儿,许多记者懒洋洋地聚在旅馆大厅里,三三两两地玩着扑克牌、看电视,或者就只是在沙发椅上大声打鼾。

"你们这些家伙溜到哪里去了?"有人问道,"你们错过了所有的好事啰。"

"唔……我们只是去郊外野餐啦。"简金斯先生回答他,"有什么好事?发生什么事了吗?"

"是费洛啦,他在那里,他刚刚适时打出一组同花大顺,把那个牌局给杀得落花流水,就是这样啦!你真该待在这里,说不定会输点钱喔。"

"啊?就这样?我还以为是什么重要的事哩。"

"哎哟,假如你坐在这里,像我这样手上有一组葫芦,那你就会觉得很重要啦,因为他就找不到机会打出同花大顺了嘛。轩尼诗则是打出同花顺,而且也赢了。喂,我们下到最大注耶,那局总共下到三百元！"

"其实我大概只放了一半跟进，而你居然像傻瓜一样又加码。我看你八成是在慈善义卖会之类的地方学会打扑克牌的吧。"那个叫费洛的人说道，他说话时眼睛根本没张开。

"哎呀，人生就是如此，"麦克康柏先生说道，他狡猾地使使眼色，"赢的人讲笑话，而输的人耍赖。"

"你带那一大堆小孩去野餐啊？"有个打牌的人问道。

"错，是他们带我们去的！"麦克康柏先生答道，结果他忍不住捧腹大笑，"还花了我八块钱买了一堆汽水跟汉堡呢。空军那边有没有什么消息啊？"

"完全没有！"那个打牌的人说，他看看手表，"我们是该打个电话给中尉了。啊，我们报社的截稿时间快到了。"

"不知道他们找到炸弹没有。"另一个打牌的人说道。

"是啊！我也很想知道呢！"麦克康柏先生说，他边说边挤进一个公共电话亭，而简金斯先生正在他旁边那个电话亭里打电话。

他和简金斯先生都讲了很久很久。一直到他们讲完前，其他记者不停地敲门，催他们赶快出来，因为大家都要打电话。简金斯先生终于走出来，他举起双手，示意电话亭前面的众人安静下来。

"各位，你们不必打了。"他说，

"我终于跟马其上校通了话，是他本人喔，而他完全拒绝在此时发表任何谈话。"

"嗯，那他们发现炸弹没有？"十几个记者同时问道。

"即使找到了，现在他们也不愿承认。"

"可是,那些小孩绑在湖面上的橘色大气球又是怎么回事? 他们派潜水员潜下去没有? "

"有啊,他们潜下去看过了。"简金斯先生说。

"而他们说没找到任何东西? "

"那根本是个大骗局,对吧? "

"你是说,我们被那些小孩搞的神奇把戏给骗了? "

"各位稍等一下! 稍等一下! "简金斯先生说,他又举起手来,"他们并未承认没找到炸弹。"

"咦,你刚刚说他们承认了啊。"

"我才没有呢……我是说,他们不打算发表任何谈话。他们不愿证实已经找到炸弹,也不愿证实还没找到,刚刚只是说'不予置评! '而就我自己的看法,我觉得他们还没找到。"

"你为什么这样说? 还有,你怎么知道这么多啊? "

"因为他们把气球拆下来,换上一个红色浮标,仍然绑在同样的位置。他们一定还得回到那儿去,不然又绑个浮标干吗? "

"说得有道理。可是,你到底是怎么知道这些事的啊? "

"我就是知道嘛,就是这样啦,"简金斯先生说,"你们听我的话就是了。"

"我还任你宰割哩! "那个看似懒散的记者说道,就是常常把外套搭在手臂上,领带也常常没系紧的那家伙,"简金斯,你该不是想阻止我们到现场去吧? 或者你早就发稿了,打算把我们远远甩到后头去? 哇塞! 我的老天爷! 我敢打赌,你刚刚讲了那么久的电话就是这个原因。啊哈,你根本不是打电话给马其上校! 你是在跟你办公室的人通电话,把你的报道录在录音带上!"

"喂,且慢!且慢!"简金斯先生想要提出辩解,可是已经没人理他了。其他记者挤成一团,大家都从他身旁绕过去,抢着挤进电话亭。

"简金斯,你真是没良心耶!"

"哼,我自己打电话给马其上校!"

"你白痴啊!我要直接打电话到五角大楼!"

"哎哟,我们真是一群大笨蛋!"

"简金斯,真是多谢你喔!你要记得提醒我,偶尔也要帮你一个忙啊!"

然后,这群人像是朝四面八方爆炸开一样,有人冲上楼梯,有人冲下来,还有人冲到街上去,而每个人都在找电话。这时,麦克康柏先生终于从另一个电话亭里走出来,安静地站在一旁。

"大家为什么这么激动啊?"他若无其事地问道。

"没什么,"简金斯先生说,"这些家伙认为,我们拿着东西遮住他们的眼睛,不想让他们看见。他们以为我暗藏消息不告诉他们,以为我不让他们抢到新闻。"

"你真的暗藏一些消息啊!"

"暗藏什么?"

"只有你知道你妈几岁吧!"麦克康柏先生说道,然后便迈开脚步走向柜台。

他还没走到柜台,便感觉到亨利抓住他的袖子。亨利很激动,拼命指着大厅的另一头,那儿有扇门的招牌写着"烤肉酒吧"。有一

个瘦瘦高高的男人，蓄着浓密的黑色八字胡，一晃便消失在门后。麦克康柏先生转过身去恰好看到那个人，于是他看看亨利，而亨利也看着他。

"你认为如何？"麦克康柏先生说。

"我记得他是一个潜水员，我们曾经在巡逻艇甲板上见过他，"亨利说，"不过我不是很确定。"

"我也是。"麦克康柏先生说，"因为矮子拉特写镜头的时候，常常没把焦距对得很清楚。"

"不过我刚刚注意到，他的额头有一道红色的痕迹，"亨利说，"可能因为他戴了一顶相当紧的头盔吧。"

"你真是个聪明的小孩，"麦克康柏先生说，"我想，我该买杯酒请某人喝喝。"于是他向亨利眨眨眼，然后便穿过大厅，他的身影随即淹没在烤肉酒吧的人群里。

那天晚上，长毛象瀑布镇的人们在忐忑不安的情绪里进入梦乡——如果有人睡得着的话。大约傍晚时分，空军方面仍旧拒绝发表关于炸弹的任何谈话，于是各种各样的谣言又在镇上传了个满天飞。我猜想，有些人已经心里有数，他们知道空军还没找到炸弹，但又不想承认这件事。然而，有更多人认为，我们那个气球花招是个超级大骗局，空军像呆头鹅般一头栽进去，搜索半天根本就是白费力气，因而他们羞于承认。不过，如果有机会作选择，绝大多数的人都愿意相信最令人吃惊的揣测，长毛象瀑布镇的居民也不例外，因此街头巷尾的耳语盛传炸弹快要爆炸了，而且空军无力阻止这件事的发生。相信这种说法的人赶紧打包睡袋和食物塞到车上，准备开车尽可能远离这个危险区域。车潮涌现,通往镇外的道路塞满了小货车,不管是往东、往西、往南,还是往北的方向,全都一样。不过傍晚时分,镇上所有的加油站就再也挤不出油来了。

在镇上四处流传的谣言中,最奇怪的莫过于空军早已提出一份报告,原来他们发现弄丢的装备并非炸弹,掉在湖里的东西其实是装满飞机燃料的机翼油箱。很多人相信这种说法,因为他们希望事情确实如此,而他们认为空军目前正在拖延时间,想尽办法自圆其说,不然整个镇为了一个唬人的炸弹大恐慌,提心吊胆了整整四天的时间呢。

我猜想,那天晚上 11 点播出夜间新闻的时候,大多数留在镇上的人差不多都死盯着电视机,也恨不得空军方面立刻针对所有的疑团一一澄清。可是空军那边什么也没说。麦克康柏先生不是跑去跟黑色八字胡的高个儿喝酒吗? 也就是亨利认为他是潜水员的那个人,麦克康柏先生想必请他喝了不止一杯酒,因为他泄露的秘密可真多哪。

那天晚上,我穿着内衣坐在客厅中央的地板上,把电视的音量转小,以免我妈妈听见声音。我还把所有的灯都关掉,连津津有味地嚼着洋芋片也完全不敢发出声音。新闻最开始的五分钟,自然全是关于丢失炸弹的报道,当电视上出现简金斯先生在码头上专访杰夫和亨利,还有马其上校的座车被贾斯帕·欧克白的西瓜完全埋住的画面时,我坐在地上低声欢呼起来,还忍不住兴奋地敲打地板。然后是潜水打捞作业的报道,报道中播放的三十七秒的画面,完全是从矮子拍了四个小时的带子中剪出的。接下来扯了一大堆

冗长的废话,例如空军方面为什么不发表任何谈话,他们为何还没找到炸弹,爱出名的众议员应该对整个情况发表一点看法云云。看到这里,我本来打算关掉电视,上床去睡觉了,这时屏幕上突然闪着"特别快报"几个大字,主播随即开始播报。

"各位女士、各位先生,我们中断了正常时段的新闻节目,为您插播这则来自美联社的特别快报:长毛象瀑布镇快电报道——美联社今晚在报道中引述极为可靠的消息指出,空军于四天前遗失的核装置,经由潜水员在草莓湖的一个区域努力搜寻,终于确认了其所在的位置。他们先前曾于同一区域进行搜索工作,但毫无所获。根据描述,遗失的这枚炸弹掉入一个小洞穴或裂缝里,位置在距离岸边约三百米的湖底山脊上,恰恰与本地一群年轻人先前预测的位置完全相同。"

"哇哈——哈——哈!"我忘情地大声吼出来,然后发现不对,赶紧用手捂住嘴巴,可是已经来不及了,我妈妈那睡意正浓的声音从楼上传来。

"查理,是你吗?你到底在干吗?"

我没回答。我忙着把耳朵贴在电视机上,这样才不会漏掉任何一句话。

"在这则快电中,不愿表明身份的消息提供者告诉美联社记者,若要移动炸弹,恐怕会让负责这项搜索与打捞作业的空军与陆军工程单位受到严重的伤害。高层人士担心,任何企图将该武器移出狭窄裂缝的行动,都可能导致炸弹外壳破裂,而其内部的可分裂物质也可能流入湖水中。报道指出,空军高层目前面临两难的困境,是要冒着污染湖水和邻近地区的风险,执意将炸弹打捞上岸,还是把一个二千万吨级的'定时炸弹'留给长毛象瀑布镇,永远将它搁放在小镇门口的台阶上?

"截至目前,空军高层仍不愿针对今天的搜索作业作出任何说明。面对遗失炸弹已经寻获的报道,今晚西港空军基地的发言人拒绝加以证实或否认。记者针对美联社的报道提出询问,他们也只是简短答以'无可奉告'。

"本台追踪报道——根据美联社今晚最新的快报,空军的潜水员已经找到四天前意外从轰炸机上掉落的核弹。针对这项报道,空军高层已经表明拒绝证实或否认的态度。

"我们现在将时间交还给本地预定播出的节目。"

我把电视关掉,蹑手蹑脚地走出客厅。但随后我又踮着脚尖走回客厅中央,心里想着是不是该打个电话给杰夫或亨利。说不定他们没听到新闻。我开始向电话机那边移动过去,可是又停下来,心想说不定他们已经上床睡觉了。就在这时,我妈妈又叫我了。

"查理!……查理!……我叫你怎么不回答?你到底在下面干吗?"

"我正在哄猫咪进屋里来,"我说了谎,"过来啊,小咪,小咪,小咪。"我叫道,还把前面的纱门开开关关好几次。

"怪了! 猫咪在楼上跟我在一起啊。"

"原来如此!难怪它不肯进来。"我赶紧把纱门砰的一声关上。有时候真是诸事不顺啊,我心里这样告诉自己,然后赶紧冲到楼上去。

我真是快累死了,但不知为何,一扭开电灯马上睡意全消,思绪完全停不下来。我不断想起刚刚新闻播报员所说的:"……把一个二千万吨级的'定时炸弹'……永远……搁放在小镇门口的台阶上?"我不断跟自己说,这简直像是达摩克利斯的剑一样,危机四伏嘛!我开始与那个希腊老臣的忧心忡忡感同身受,他坐在国王的剑下,还得在筵席中表现出怡然自得的模样。我想,我便是这样忧心忡忡地睡着了,因为我记得很清楚,后来我做了一个可怕的噩梦,梦见我坐在一个大型宴会厅的中央,旁边围绕着几百个人,而我身上只穿了内衣,于是忙着拿桌巾遮住自己的身体,同时还得闪避一把超大的剑,那把剑吊在我的头顶上,忽前忽后一直不停地摇摆晃动。

我搞不懂为什么会做这种梦,不过我们整个夏天往往有一半的时间结伴乱晃,身上除了一件小短裤外什么也没穿,而且也不觉得怎么样。还有,我们曾经幻想,哪天在光天化日之下只穿着内衣就被逮捕,那一定是糗毙了。这样说来,那个梦也是同样的意思。我还记得,在梦中我从桌上匆匆忙忙抓了根香蕉,还想办法让香蕉皮粘在我内衣的正面,让它看起来像个金色的 M 字,那么大家就会认为我是长毛象瀑布镇田径队的一员。可是根本没用,香蕉皮一直往下掉。然后,斯桂格镇长爬到我面前的桌子上,他不只是包得紧紧的,居然还穿了一件又大又笨重的外套,而且一只手拿着雨伞不断挥舞。他朝着那把剑不断挥舞雨伞,只要剑晃过来就挥两下,而每次他一挥动雨伞,我就得忙着低头闪避他的动作,心里暗自希望他

163

可别把我的头给劈开来。最后，他把雨伞丢到一旁，又从桌上抓起一个大西瓜，他把西瓜举在那把剑摇晃的路径上，每当剑晃过一次，就会切下一大块西瓜。我还是得不停地左右闪避，以免切下来的西瓜出其不意地掉在我光溜溜的肩膀上，而每回我做出闪避的动作，就忘了要同时拉紧遮在身上的桌巾，于是围坐在宴会桌旁的所有人就会转过身来，指着我大声狂笑。然而没有人愿意阻止斯桂格镇长的行径。每当那把剑又切下一块西瓜，他就邪恶地发出咯咯咯的笑声。

接着，有四个仆人步履蹒跚地走进大厅，他们抬着一整头烤牛，整头牛悬挂在两根棍子之间。那些仆人把烤牛抬到主桌上，扑通一声烤牛恰恰掉在我面前。而费迪居然端坐在烤牛里，他用指甲抠下大块大块的烤牛肉，拼命塞进他的嘴巴里。我张开嘴，想哀求费迪帮我解决那把剑，可是却发不出一丁点儿声音。而费迪只顾着坐在那儿，满足地摸摸肚子，要不然就是对着我的脸打饱嗝。我简直快气疯了，于是我开始拉扯桌巾，想办法把费迪和烤牛拉到我这边来，或者是最好能避开那把剑。可是桌巾被我扯裂成碎片，随后有个尖锐的东西刚好刺进我的背，我不由得直直往上跳了足足有五六米高。

不知怎么的，我双脚着地掉下来，这时突然间四周全都亮起来了，原来是我妈妈站在我面前，她手里还拿着厨房的长柄刷。

"现在几点了？"我揉揉眼睛问她。

"反正你该起床啦，你这个贪睡的小鬼。"

我真该戒掉问这种问题的烂习惯。不过我猜我是改不过来的。

这下牛皮吹破啰!

当那则关于炸弹受损的电视新闻传到华盛顿时,首都的屋顶必定往上掀起了几米高,因为所有的政治人物和相关人士全都惊惶失措地冲到长毛象瀑布镇来了。隔天早上,当那些地位崇高的大人物全部拥进镇上来时,你会觉得放射线必定对人们很有益。

我在吃早餐的时候,似乎每隔三分钟就有飞机从我家上方轰隆隆飞过,降落在西港空军基地的跑道上。等到有四五架飞机让窗户隆隆作响后,"到底怎么回事啊?"我终于忍不住问我妈妈。

"你这个贪睡鬼,如果你准时起床,就可以听到早上7点的整点新闻,也就不必问别人了。"然后她又出其不意地在我面前丢了一碗燕麦片。

"拜托啦,妈!到底什么事啦?新闻说了什么?"

"先把你的燕麦片吃完再说。"

老天爷,这种事真是让我抓狂。

"天哪,妈……我已经吃掉一整碗了。要不了多久,我的耳朵就会长出燕麦来啦!"

"那又怎样?有谁会看到吗?"她笑了,"嘿,你什么时候到镇上找卡斐先生修修头发呢?"

"等我搞清楚发生了什么事再说。"我灵光乍现地说道,而我妈妈又笑了。

"好吧,你这个呆瓜。那我就告诉你吧。"

我跟我妈妈在一起总是很有趣,不过她有时候挺讨厌的就是了。

"广播里说,各式各样的人都从华盛顿跑到这里来调查那颗炸弹。我猜想他们已经找到炸弹了,可是或许有某些原因吧,他们害怕炸弹会破裂或类似的问题,因此它变得相当危险。我记得你爸以前也曾经疝气(在英文中,疝气与破裂为同一词。——译注)发作,那时候他还很年轻,而丹柏利医生说那毛病没有任何危险性。不过我猜炸弹就不一样了,而且……"

"拜托,妈!那我早就知道了。说说那些从华盛顿来的人吧。有没有什么重要的人跑来?例如总统有没有来?"

"你早就知道了?噢,原来你昨天晚上就是在看电视啊。你偷偷溜下楼,然后把电视打开,对吧?"

"不对,不是我。我只是偷偷溜下楼,然后把电视关掉。"我说道,还得小心不让燕麦片给噎死。

"查——理——!"

"好啦好啦,对啦,就是我,我以童子军的荣誉发誓!"

"我再问一遍，是谁把电视打开的啊？"

"是我，不过那是早一点的事了。"

"早一点是什么时候？"

"我第一次溜下楼的时候。"

有枝热热的提锅柄打在我的颈背上，害得我把嘴里的燕麦片和牛奶都喷溅到 T 恤上面了，然后我又咳起来，因为有些燕麦片呛到鼻子里了。我早该想到的，那天发生了一连串的事件，而早上吃早餐的事情只不过是刚开始而已。好家伙！原来我早就得到预兆了呢！

"嗯，有什么大人物从华盛顿赶到这里来吗？"我等到可以讲出话来便问道。

"基本上所有人都来了。广播里的人说，原子能委员会的头儿、空军总司令、国防部部长、邮政总长都来了，我不知道还有谁。"

"邮政总长？他来干吗？卖邮票吗？"

"他们是没说啦。"我妈妈又笑了，"不过我之前听说，他正打算明年要竞选总统。我猜想，他大概觉得跑这一趟对他没什么坏处吧。"

星期五早上去剪头发实在有点神经，不过我想还是去一下好了，这不只是因为我已经答应我妈妈，还因为"尼德·卡斐理发店"总是聚集了许多怪老头，我可以在那里探探他们的口风，说不定可以探听到更多内幕。唉，说什么自己多聪明，结果还不是大家都想得到！我到达理发店时，丁奇和荷马早就坐在店里等着剪头发了。荷马正在挖鼻孔，我出其不意地跳进他旁边的位子上，这时丁奇正凝神望着远方的墙壁，像是进入了催眠状态。他看起来很苍白，简直像鬼一样。

"丁奇,你怎么啦? 你不舒服吗? "我问他。

"没有啦! "

"可是你看起来脸色很苍白耶? "

"我昨天晚上回家后,我妈妈叫我去洗澡。"

"噢! "

"我跟她说,如果她擦洗得那么用力,我全身晒成咖啡色的皮肤都会被她搓掉,可她还是继续搓个不停,完全不理我。"丁奇用力吸了一口气,他的左眼角竟然淌下一颗泪滴。

"真是太糟糕了。"我说。

"对呀! "丁奇说道,他又用力吸了一口气,努力不让眼泪掉下来,"男生努力了一个夏天,就是想把皮肤晒成漂亮的棕褐色,但竟然有可怕的'女生'把这一切都给毁了。"

"老妈都是这样的啦。"我一边说着,一边用胳膊肘儿顶顶荷马的肋骨。

"对呀,我真希望总统赶快下个命令,把所有的妇女都送到月亮上去,那么地球就不会这么拥挤了。"丁奇说,他拿出手帕来擤擤鼻涕。

尼德·柏金斯那老头坐在前排的理发椅上,卡斐先生仔细修剪他那半秃脑袋的模样,简直像是对待某件艺术品似的。不知道为什么,每回我去理发店,看卡斐先生用剪刀尖为那些怪老头细心修剪头发,他总是能剪个三十五到四十分钟,但其实那些脑袋上面根本没儿根头发。于是你不禁怀疑,那些老笨蛋为什么会觉得他们需要剪头发?而终于轮到我的时候,要不了十分钟,他就把我的头发全部剪光光,然后把剪头发的遮布啪的一声甩到椅子前面,两手一摊就要我付钱了。

想到这里,我猜我知道为什么了。卡斐先生精明得很,他把顾客层层分级,假如他觉得某个老家伙嘴里有不错的八卦,大概可以讲上三十五分钟,于是他就会剪个足够的时间让那人讲完。一旦是小鬼爬到理发椅上,他心想这下没啥新鲜事好听啦,于是他便趁机露一手功夫,让大家瞧瞧他剪起头发来是多么快速。因此,我真希望能通过一项法令,让小孩子能在理发椅上享有跟大人同等的理发时间。

我们又在店里坐了一会儿,无聊地玩玩压拇指游戏,翻阅旧杂志,在卡斐先生店里必备的《农夫年鉴》书上折几页书角,而同时也竖起耳朵随时提高警觉。尼德·柏金斯正在跟卡斐先生吹嘘他对原子弹的看法,他的嗓门实在很大,因此他很肯定店里的所有人都很有福气,能够顺便听听他精辟的见解。

"我猜啊,他们的新玩意儿一定很危险,没错。"他口沫横飞地说,"可是我也猜想,空军很清楚他们在干吗。我儿子就是在空军服役,从他们还叫作'陆军航空兵'时就在里面了,"他补充说道,还把他的头从卡斐先生的剪刀下移开,以便环顾店里的每个人,"所以他对于所有的装备都一清二楚,而他说空军很清楚他们自己在干吗!"

就在这时,镇上的"财务长"查理·布朗走进来,他把他的草帽小心地挂在挂钩上。每个人都跟他说"早安",可是没人取笑他的新鞋;通常大家会取笑他,因为他也是镇上唯一的殡葬业者,总是穿着簇新的鞋子,不过全都是黑鞋就是了。在这个特别的早晨里,大批人马从华盛顿拥入镇上,由于查理也是镇议会的一员,照理说他应该很了解整个情况才对,因此今天大家对他的说法比对鞋子更感兴趣。

查理没让大家失望。还没等他坐下,便有个顾客赶紧换个座位,把查理最喜欢的位置给让出来。他开始滔滔不绝,仔细诉说他知道的所有情形,还在店里走来走去,不时挥舞着眼镜,而且每回转身便得重新点燃手上的雪茄。

"我实在很同情马其上校的处境,"他说道,"你们这些人不像我那么了解他,他真是个翩翩君子哪。现在从华盛顿来了一堆权贵显要,全都挤成一团不断质疑他,其实那些人只想赶紧举行一场记者会,等结束之后便尽快逃离镇上……最后把问题通通留给上校一个人。"

查理抽着一根雪茄,吐出两个漂亮的烟圈,并咳嗽了三次。

"目前在我看来,长毛象瀑布镇这儿碰上了非常棘手的情况。或许这会让我们在地图上大大出名吧……如果我们大家没被炸个精光的话。不过我想,我们是全国,咦,说不定也是全世界喔,第一个有原子弹掉在附近却没人能碰到它的小镇。"

"我们碰到它了,布朗先生。"丁奇举手说道。

"闭嘴,小弟弟。"查理·布朗说道,"正如我刚才所说,每个人都不断批评马其上校,但是他已经尽全力了,而且他是个很好的人呢。现在他还得应付那些从华盛顿飞来的庸碌政客,而他们嘴里嚷嚷要如何如何处理炸弹,那些方法大概连你们都会嗤之以鼻,我看还会让人感冒打喷嚏哩!"

"说得好!再说一次吧!"尼德·柏金斯坐在椅子上说道。

"哼,我就再说一次。"查理·布朗说,他连停下来喘口气都没有,"他们嘴里嚷嚷要如何如何处理炸弹,那些方法大概连你们都会嗤之以鼻,我看还会让人感冒打喷嚏哩!"

老头子艾尔莫·克拉伯特里坐在角落的摇椅里,一听到这句话便大声地咯咯发笑。艾尔莫的头上连一根头发都没有了,而他为何老是在理发店里盘桓不去,对我来说真是个难以理解的谜团。不过我想,他很善于聆听别人说话,因此卡斐先生很喜欢有他做伴。"查理,去跟他们讲啊!"艾尔莫叫道。

"对呀!查理,到他们面前去讲!"

"没错,查理,让他们好好学学!"

镇上的每个人都很喜欢看查理发怒的样子。他就读长毛象瀑布镇高中时,曾经赢得全州辩论比赛冠军,后来还当了三年的"滑石学院"辩论队队长。他兴奋的时候当真是口才非凡,大家听了总是热血沸腾,忍不住吹口哨、欢呼,兴奋得猛跺脚。现在他情绪又来了,那些字句像是自动滚到他嘴边一般,仿佛根本不必花脑筋思考就这样说出来了。他说得越快,来回踱步的速度也越快,而嘴里的雪茄也被他嚼得稀巴烂,掉出一堆棕色的碎屑。

"现在我要说,我昨天晚上没睡好,而我猜大家也都跟我一样。只要一想到早上还没掀开棉被就会被炸得粉碎,那感觉实在很不好受。不过随后我想,马其上校又有什么样的感觉呢?还有身在空军基地的所有弟兄呢？他们又能睡得多好？如果我们会被炸得飞上西天，那他们又何尝不是如此呢？而且不只如此，他们还得背负全国的指责，怪罪他们为什么找不到炸弹呢？因此我要告诉各位，我从睡梦中一醒来，就觉得对他们所有人感到满心的愧疚。"

"如果你根本没睡着，那又怎么会醒过来呢？"艾尔莫·克拉伯特里说。

"闭嘴，艾尔莫！"查理·布朗说道，"于是我转念一想，问题并没有那么糟嘛。喂，艾尔莫，记得提醒我，哪天帮你付个理发费用啊。"

店里扬起一阵赞同的笑声，把墙上的镜子震得嘎嘎响，而艾尔莫的秃头则是倏地变得红彤彤的。等他再度张嘴，烟斗便从他嘴边掉下来，哐当一声掉在地板上。

"我听说，他们打算把炸弹留置于目前所在的地方……可能是永远都放那儿耶。"

"我今天早上也在广播里听到同样的说法。"查理说，"不过我可以肯定，华盛顿那些政客不会让他们这么做的。我们今天早上到空军基地去见到那些到镇上来的人，你们可知道我在那儿听到什么吗？"

尽管大家都知道，查理无论如何都会继续说下去，不过所有的人还是跟着说"是什么？"因为每个人都晓得，在查理准备宣布重要的信息之前，他会先逗弄大家一番。此外，这样做也让他有了几秒钟的时间擦擦眼镜，再把它端放在鼻梁上的凹痕里，不过它老是马上就滑下来了。我敢打赌，查理在五分钟之内擦眼镜少说也擦了八到十次吧。

"到底是什么啦,查理?"

"你听到什么事啊?"

"这个嘛,我听见有个大人物告诉记者……我想他应该是原子委员会的人吧,咦,那个机构叫什么?啊,随便他们怎么叫啦……他跟记者说,他只给空军两天的时间,要他们赶快把炸弹从洞里捞出来;而如果他们办不到,那个委员会就要接手管这件事,把能够处理的人找到这里来。"

"嘿,听起来不错嘛!"

"才不呢,一点都不好。"查理·布朗说,"就像我刚才说的,马其上校是个很优秀的人,然而空军正考虑要撤换他的职务呢。他一直是个很好的指挥官,我不希望看到他走。而且……"

"看到他走?"

"他要离开了吗?"

"他要像其他那些笨蛋一样离开镇上,然后把我们跟湖里面那个可恨的玩意儿丢在一起吗?他脑筋有问题啊?"贾斯帕·欧克白说道,他刚刚走进来。

"贾斯帕,你才有问题啦!"查理·布朗说,这句话从他没咬雪茄的那侧嘴角迸射而出,"如果你已经准备要找个合身的棺材了,记得提醒我要把你那空荡荡的脑袋用东西填满才行,我们可能会把它高高挂在镇政府大厅的某处呢。我没说马其上校要离开……至少也不是现在啦。不过你们这些家伙不了解他现在的处境。镇上的居民都把责任算在他头上,媒体也把责任怪到他头上,而现在华盛顿有一半的大人物也都怪罪于他。他头上的'责任'这么重,想必剪起头发来一定很痛吧！”

查理等大家的笑声逐渐稀落后，再继续讲下去。

“四面楚歌、没有任何朋友帮得上你的忙，你们有没有碰到过这种处境呢？马其上校现在的困境差不多就是这样。他没办法找到炸弹，而这时来了一群自作聪明的小孩，竟然向大家指出炸弹的位置，完全不给他留点余地，你们知道我的意思啦。所以我希望等这件事告一段落后，空军方面能够给他换个职务，然而这还得看他是否能想出办法把炸弹捞起来，而且不能发生任何问题才行。而假使这个炸弹的状况正如他所说，那么上校所剩的时间已经不多了。”

突然间，我开始觉得对马其上校很不好意思。我想我最好赶快离开这里，跟亨利和杰夫说明目前的情况。

“我要溜了，”我跟荷马说，“我不能把整个早上的时间都浪费在这里。”

但是荷马抓住我的胳膊肘儿，指指外面的街上。简金斯先生和矮子摄影师使劲搬着沉重的装备，正朝着理发店走过来。

“各位先生，大家早！”简金斯先生以职业般的笑容向大家问好，他还用手压着门，让矮子把所有的装备都拖进来。然后他向卡斐先生自我介绍。

“如果各位不介意的话，我们希望拍一点具有乡土色彩的场面。”简金斯先生向店里的每个人微微一笑。

“每年的这个时候，附近的本地人并不多耶。”艾尔莫·克拉伯特里说道，“你最好等秋天再来。你可以花点时间等到 10 月中旬，到了那时，草莓湖西岸小丘陵的景色真是美不胜收啊。”

简金斯先生向他很有礼貌地点点头。"我也希望能再回到这里来。"他说，"而现在呢，由于湖水将要全部抽光，因此我们想听听各位的意见与看法。"

"湖水要抽光？"

"哪个湖啊？"

"这位先生，你到底在说什么啊？"

店里所有的人都从椅子上站了起来。卡斐先生把剪刀丢在地上，而查理·布朗的眼镜也滑落到鼻子尖端。简金斯先生赶紧向大家解释一番："看大家的反应就知道，你们还没听说这件事？对喔……我猜也是，你们一定还没听说，不过关于这件事的报道已经播送出去了。原子能委员会主任委员强森先生说，假如空军未能在两天之内把炸弹捞起来，他就要求内政部接手处理这个难题。而人在华盛顿的内政部长说，他已经下令要求陆军工兵把湖水抽干，这样他们就可以进到洞穴里，把炸弹安全地搬出来。"

"你是说把整个湖的湖水全部抽干？"

"你这句话能不能再说一遍啊？"简金斯先生说道，他拿着一只细细长长的麦克风，把它直挺挺地伸到查理·布朗的鼻尖底下。

"把那东西拿开！"查理说道，他伸手把麦克风拨到旁边去，"我又不是用鼻子讲话，你不知道吗？"

"啊，真是抱歉！我只是想在报道里面放进你的意见，就是你对湖水可能要抽干的反应啦。"

"不必你催，我自然会向你表达我的反应。"查理·布朗哼了一声，很不屑地说，"绝对没有哪个湖要被抽干啦！至少在我还活着、还有力气的时候，就不行！"查理·布朗说这些话的时候，猛地把草帽戴回头顶上，由于实在太用力了，他一不小心咬断了嘴里的雪茄，一大块烟草哗啦啦地落到胸前的 T 恤上，而当他踏着重重的脚步走出理发店时，那些碎屑便纷纷滑落到地板上。

　　湖水要抽干的新闻传遍整个长毛象瀑布镇后，若说这里引爆了一场大混乱，真是一点都不为过，甚至还太过轻描淡写了。义愤填膺的镇民把镇政府给团团围住，而且整个镇上到处都举行着表达反对立场的集会。爱比嘉·拉瑞毕忙翻了，她开始把妇女集合起来，准备游行到空军基地去。而我们还听说，她们有一群人正向霍金斯众议员提出请求，邀请他跟大家一起赤脚走到华盛顿去。不过众议员的办事处说，他刚刚被电召回华盛顿去了，所以没办法参加。疯狂科学俱乐部也跟镇上大多数的人一样，立刻要召开一次紧急会议，等到杰夫打电话把大家都找齐讨论就开始了。

　　"哎哟！"费迪说道，他拿帽子在鼻子前猛力扇动，"想像一下，湖里的鱼全都变成死鱼的样子！"

　　"再特别想想'老针垫'死掉的样子！"我说，"我们永远也没机会把它钓上来了！"

　　"好啦！大家都安静下来！"杰夫说，他拍拍手要大家遵守秩序，"我把大家叫来开这个会，是因为亨利又想出一条妙计。你来说吧，亨利。"

　　亨利倾身向前，于是钢琴椅的前脚落回地上。"嗯，我已经想到一个方法，不必把湖水抽干就可以捞出炸弹。"他开始说了，"现在，马其上校只有两天的时间可以……"

就在这时，门上传来啪啪啪的敲门声。被任命为"纠察员"的费迪把门打开，原来是简金斯和麦克康柏先生。

"我们可以进来吗？"简金斯先生问。

"不行！"费迪说。

"嗯，这就是疯狂科学俱乐部吗？"他问道，并用手稍微挡住屋里的光线，以便看清楚里面的样子。费迪把门半掩上。

"你知道通关暗号是什么吗？"

"我恐怕是不知道啦。"

"那么你不能进来。"费迪说，"还有，叫那些摄影记者也离远一点。这里属于管制区域。"

"别吵了，费迪！你给我住嘴！"杰夫大声叫道，"简金斯先生，请进来吧。随时都欢迎你们过来。"

"除非我们召开干部会议，你们才不能进来。"莫泰蒙补充说道。

简金斯和麦克康柏先生勉强挤进屋里来，后面还跟着几位文字记者和三位摄影记者，不过他们得成一路纵队才能进来，因为费迪半掩着门。

"你们让昨天的报道打破了僵局，因此想向你们道谢。"简金斯先生说，"而先前有几个家伙不相信你们说的话，他们想亲自向你们致歉。"

"我们并没有打破僵局。"亨利谦虚地说，"跟麦克康柏先生挤在酒吧角落的那个潜水员，才真正是打破僵局的人吧。"

"是呀，多亏有他！"麦克康柏先生低声呵呵笑道，"那家伙大概因为待在水里的时间太长了,所以没办法'站稳'立场吧!"而他笑得实在太厉害,结果吸进一大口烟,最后咳到差点抽筋。

"对了,新闻通讯社想要帮你们拍些照片,"简金斯先生说,"可以在你们这里拍照吗?"

"哇,怎么不早说?我应该先洗个澡再来的。"荷马说道。

"在这种灯光下,你身上那些脏东西是拍不出来的啦。"有个摄影记者说,他已经开始劈里啪啦乱拍一通了。

"他们要把湖水抽干,你们有何看法?"等他们拍完照,简金斯先生问我们。

"真是蠢毙了!"费迪说道。

"不一定非要这样做,"亨利说,"我有个方法可以把炸弹捞出来,而且不会引发任何问题。"

"我完全了解,'教授'再度出马啦!"麦克康柏先生说道,他用胳膊肘儿轻推简金斯先生,"教授,我早就料到你会怎么做,你要把湖水劈成两半,然后开一辆卡车直达那个洞穴,再把炸弹搬到卡车上,对吧?如果我答应买汉堡给你们吃,那么这回我们可以在旁边观赏吗?"

你会发现,亨利的脸皮又从耳朵后面开始红起来了。他不太会开玩笑,不过这次他笑了:"不行!那未免太费力了吧!事实上,那个洞穴可视为一个密闭的空腔,你们只要把空气打进去,让洞穴里的气体压力越来越大,直到洞里所有的水都被气体逼出来为止,然后潜水员就可以进入洞穴里面。最好先在炸弹四周装上一些保护装置,接下来绑些救生圈之类的东西。等到把水灌进洞穴里面后,炸弹就会自己浮到外面来了。"

麦克康柏先生听得目瞪口呆。简金斯先生则对这个点子非常认真,他问道:"要让炸弹自己浮出来,那个洞口够大吗?"

"当然够。"我说道。

莫泰蒙也跟着附和:"或许炸弹的侧边会稍微受到碰撞,但如果保护措施做得好,就不会有什么问题了。比起用钢索连接绞盘把它拉出来,我们的方法实在简单多了。"

简金斯和麦克康柏先生彼此对看了一眼。"我们说不定又捞到一则新闻。"麦克康柏先生说,"你确定这方法管用吗,亨利……嗯……教授?"

亨利想了一会儿,然后说:"如果能试试看,当然是最好啦。因为如果这方法不管用,大家就得改写所有的基础物理学教科书啦。"

"我懂你的意思。"麦克康柏先生沉吟道,"教授,抱歉问了这个蠢问题呀。"然后他和简金斯先生走出门外,其他记者和摄影师也跟在他们后面。不过麦克康柏先生又回过头来,向亨利使使眼色,说:"如果我是你,我会跟马其上校提提这个点子。现在他很需要大家的帮忙啊……我是说真的喔!"

"帮马其上校,当然好啊!"杰夫等大家走后说,"可是我们怎么找到他呢?"

"我们可以写封信给他。"丁奇建议。

"哎呀,真是个伟大的想法啊!"费迪轻蔑地说道,"等他收到信的时候,可能早就被派到阿拉斯加,在某个后勤基地当指挥官了。"

"我知道怎么能找到马其上校，"莫泰蒙说，"很简单啦！"

"怎么找？"杰夫问道，而我们所有的人都转过去看着莫泰蒙。

"只要动点脑筋就行了，就这样。"莫泰蒙说，"不是像亨利那种脑筋啦……不过总要有人帮俱乐部想想非科学性的事情嘛。"

"哎哟，我想不出还有谁比你更适合了。"荷马说，"你快说吧，我们洗耳恭听！"

半小时后，我们一伙人骑着脚踏车，朝着西港空军基地的大门飞驰而去。我们身上背着一大堆标语牌，上面写了许多无聊的话，例如"欢迎加入空中闹剧！""山姆大叔要开除你了！""潜水艇跳楼大拍卖！"还有"你们有个钢瓶弄丢了！"之类。等我们到达之后，便在大门外的岗亭前面排成八字形，手里拿着标语在空中大力挥舞，所有人还不断高叫"起锚啦！"只有莫泰蒙除外。他跳下脚踏车，开始拿照相机对着岗亭和大门猛拍照，而其实相机里面根本没底片。

正在大门当班的两个空军宪兵走出来，试图阻止我们的行动，不过我们只是稍微绕骑到马路上躲开他们，等他们一回到岗亭就立刻冲回大门前。最后，他们其中一个人终于打了电话，没过多久就有辆军车开出大门外，从车上走下一位中士。他向我们走过来，停在马路中央，而我们则排成八字形把他围住。费迪站得离他比较近，于是他伸手抓住费迪脚踏车的把手。

"胖子，你给我从实招来！"那中士说，"你该不会刚好又带了一根香蕉吧？"

我从来都看不到胖子费迪的喉结，不过这回我终于看到了。喉结在他喉咙那儿骨碌碌地抖个不停，简直像溜溜球一样。"我听不懂你在说什么。"费迪说,"我妈妈说我不能吃香蕉,我吃香蕉会一直打嗝。"

"你别胡扯了!"中士说道,"我又闻到香蕉味啦!"

"既然如此,你不介意我先走一步吧?"费迪说道。于是他用力扭动他的脚踏车,挣脱中士的掌控,匆匆忙忙往镇上骑走了。

就在这时,另一位空军宪兵抓住莫泰蒙的衣领,一把抢走了他的照相机。

"呸!"莫泰蒙说,"我早该想到的。"

"如果你们不离开,我就把你们抓到基地指挥官的办公室里去!"那个中士说道,他正双手叉腰站在莫泰蒙面前,身高看起来差不多有两米。

"你才不敢呢!"莫泰蒙说道,他用力挺起胸膛也不过到中士的腰带高度,"请尊重我的人权!"

"你有人权?我看你只有一张大嘴巴吧!"中士说道,"给我坐上军车!"

这时候,我们其他人全都扔下脚踏车围在中士身边,为莫泰蒙提供精神上的支持。

"莫泰蒙,你别任由他摆布啊!""把他骂回去啊!""他其实没有表面看起来那么高啦!""别担心!我们会把你弄出来的!""喂!中士!你的嘴巴干吗要张开啊?"

"坐上军车!"中士抓着莫泰蒙的胳膊肘儿下令,"而你们其他人也都给我坐上去!"

"你不可以对我这样!"莫泰蒙开始尖叫,"我是美国公民啊!"

"哼,我也是哩!"中士说,"现在快给我滚进去!"然后他把莫泰蒙推上车。

根本不必等到他来推,我们就像吓坏的兔子一样嘣嘣嘣跳上车,几分钟之后,我们一群人便挤在基地的总部大楼里,马其上校的办公室就在这儿。

"这是怎么回事?"一个年轻的中尉问道,他坐在马其上校的办公室外面。

"就是这些小孩在大门口示威,"中士说道,"其中有个小子还说他是美国公民咧。哼!我不知道其他人是不是。"

"我们什么也没做啊,"丁奇说道,"我们只是在抗议啦!"

"哎哟!他们看起来真像是危险分子哪。"那个中尉说道,他很不高兴地皱皱眉头,"都交给我处理吧,中士。谢谢你啦!"

"是的,长官!"中士说道,干净利落地敬了个礼。然后他在原地向后转,直挺挺地走出办公室,只在走出门的时候稍微低下头。

中尉按了一下他桌上对讲机的一个控制钮:"上校,长官,外面有五六位年轻公民,我觉得你会想见见他们。"

"好的!带他们进来!"对讲机那边传出吱吱喳喳的答复声。

"请往这边走!"中士说道,他帮我们打开上校办公室的门。

上校坐在一张超大的桃木桌子后面,不过一开始我没认出他来,因为他现在没戴帽子。不过我们倒是马上就认出旁边的两个人,他们坐在上校桌边的皮制扶手椅上。原来是简金斯和麦克康柏先生。

"哇,真是令人高兴哪!"上校说,他从椅子上站起身,并伸出手来,"我想,我认识诸位年轻的绅士。你们究竟是怎么通过大门守卫的?"

这时候,我们全都开始放声大笑,脸上也很不好意思地红了起来。上校走过来跟我们每个人握握手,而他也请中尉多搬几把椅子到办公室里来。

"我晓得,你们有事要跟我说。"等我们全都入座之后,上校这样说道,"我听说大家称呼你们为'长毛象瀑布镇的疯狂科学家'。"

我们面面相觑,而没人知道该如何答腔才好。最后,亨利终于怯生生地说:"是的,长官。"

"跟我谈谈你们这次的计划吧。你叫亨利·摩里根,对吧?"

"是的,长官! 这个嘛……其实很简单啦……我只是刚好想到啦……而我想呢,也许……"

当亨利开始努力解释他的点子时,上校按下对讲机的按钮说:"请克拉默少校进来。"几分钟后,一位衣领上佩戴着工兵饰章的陆军少校走进来坐下。

等亨利说完,上校问他:"你说那个洞穴有多深?"

"大约十五米深,上校。"

"少校,计算一下那样的深度会有多大的水压。"

"我会算算看。"少校说,他做了个笔记。

"大约是一点五个大气压,长官。"亨利说。

"喔……那么少校,确定一下需要多少的空气压力才能把洞穴里的水都挤出来。"

"大约要二十三磅才够。"亨利又说,"说实在的,那个洞穴并不会很大,我想,在陆军的疏浚装备里,一定有够大的压缩机可以用上,而且……"

"少校,你还有没有什么问题要问?"马其上校说,他的脸上露出一个满意的微笑。

所有人都跟着笑起来了,而麦克康柏先生也跟往常一样,他又被嘴里的雪茄呛到, 结果烟灰和一点烟叶撒得马其上校的桌上到处都是。

"哇塞! 这下我知道了,看来我得买一大堆汉堡!"他终于不再狂咳之后说道。

"好吧!"上校说,他用手搔搔头顶上浓密的白色鬈发,"我会有这头白发,并非因为我老是逃避问题无法解决,况且我也不是死脑筋、不愿意冒险尝试新的做法。在我的军旅生涯中,我曾经两次受到处分,一次是在德国的不来梅港,另一次则是在朝鲜,那种感觉与心情我清楚得很。喔! 对了,在我们这行,有句话是这样说的:'等你最后一次受到处分时,你根本就没什么感觉了!'"

上校笑了,大家也跟着笑,不过这回笑声的音调有点怪。

"言归正传……我不知道该不该把我的职业生涯赌在这样一个计划上,而这个计划居然是由一个叫作'长毛象瀑布镇疯狂科学俱乐部'的团体想出来的……不过说实在的, 我只剩下两天的时间, 必须赶紧想办法把炸弹弄出来……不然这个镇就得自己面对这个'烫手山芋'。所以呢,我决定要放手一搏!"

"好耶!"丁奇忘情地大叫,"噢,对不起,长官。"

"没关系的,年轻人。不过先别这么兴奋,我们也可能没办法把它捞出来呀。我想,到目前为止,这是我所听过的最可行的计划,所以我们要放手一搏了。'打铁要趁热,剪羊毛最好要剪羔羊毛!'……有句话是这样说的吧?"

"上校,我们可以报道这件事吗?"麦克康柏先生说。

"你是说'羊毛'这部分吗?"

"我是说计划的全部细节啦。我是这样想的,这些小孩先前说出炸弹的位置,而他们的说法是对的,如今你也打算采用他们建议的方法把炸弹捞上来。我觉得这是一个很棒的故事呢。"

"很棒的故事,好吧,如果这方法管用的话。"上校说道,"可是如果不管用呢?那我岂不是像笨蛋一样……而且'疯狂科学俱乐部'也会变得很蠢。到最后,如果因此而破坏你们的名声,这样不太好,对吧?"马其上校还跟亨利眨眨眼。

"我懂你的意思。"麦克康柏先生说。

"恐怕我得要求你们配合。"上校继续说道,"如果我们把炸弹捞出来了,你们才可以报道这整个故事。现在我们只不过认为'理论上'应该会怎样,而所有的科学家都知道,'理论'必须要获得证明才算数。对吧,亨利?"

"没错,上校……长官,"亨利说,"不过还有一件事……我们可以……"

"绝对不行!"上校说,"我知道你打算问什么事,不过我有个办法。"然后他向简金斯先生眨眨眼,"如果你们打算在山丘上架设监视摄影机,就像你们之前那样,那么我要派一位通讯中士跟你们一起去。你们可以因此通过无线电与我联系……万一我需要任何咨询的话。"

"好耶!"丁奇又尖叫了,"抱歉,长官。"

"没关系,年轻人。现在呢,原谅我必须先告退,我们得赶紧展开行动了。接下来只有两天的时间,而今天最好的时机已经过去了。"

我们与上校握过手,向他道谢后,等不及中尉叫车子把我们送出去,大伙儿便狂奔而出,穿过整个营区冲到大门口。大门口的空军宪兵把我们的脚踏车靠拢停在岗亭后面,等到我们把车子牵出来的时候,那位身材高大的中士开着军车出现了。

"嗨!"他朝着我们大吼,"我要没收你们带来的标语牌,你们不会介意吧?我们今晚在'军士俱乐部'举办一场舞会,而我想这些标语可以派上用场呢。"

"没问题!"莫泰蒙说道,他把标语牌全部扔给中士,"哎呀,我还可以在上面为你亲笔签名喔!"

然后我们拼命踩着脚踏车,打算以最快的速度骑回杰夫家的谷仓。

"还有一件事!"中士在我们背后叫道,"请你们把'香蕉事件'的原委告诉我,好吗?"

"没问题!"莫泰蒙回身大吼,"那你也得把舞会的详情告诉我喔!"

我们骑脚踏车回到镇上,发现长毛象瀑布镇的气氛显然为之一变。几乎每家每户的门前都悬挂了美国国旗,旗子随风飘扬,而且到处都有标语牌和旗帜写着:"离马其远一点!""胆敢抽干我们的湖,我们就把湖水喷到你们身上!""打倒内政部!""我们要让华盛顿夜不成眠，就是我们这里！"等等。甚至有栋房子前面挂了幅小标语："支持亨利·摩里根竞选总统！"查理·布朗在广场上的露天音乐台举行了一场公开会议，他催促大家赶快写信给教宗和仲裁官等众多人士，希望大家支持我们拯救草莓湖。而我们也听说，爱比嘉·拉瑞毕已经上电台恳求全国所有的妇女都到长毛象瀑布镇来，她们要沿着湖岸组成妇女联合封锁线。突然间，大家原本对于炸弹和辐射线的恐惧感全都消失不见了，现在所有人只关心草莓湖会发生什么事。而马其上校也不再是窝囊废，他已经变成大家心目中的英雄了。

麦克康柏先生说到做到。他和简金斯先生现身在我们的基地，带来一大堆足够喂饱我们这群家伙的汉堡肉饼和圆面包，甚至还搬来户外烤肉架，准备等一下现烤现吃。有个名叫史基摩的中士也跟他们一起来，不过他向大家自我介绍时说："你们可以叫我史波基，大家都这样叫我。"他开了一辆空军的吉普车，车上架设了无线电设备，用来联络、传达指令。

"大家动身吧，"费迪说，"我快饿死了！"

"噢，这是个非常充分的理由呢。"麦克康柏先生说。

我们全都挤上旅行车及两辆吉普车，朝旧锌矿场出发。多亏有中士的吉普车帮忙载运发电机，这样一来，登上碎石机的最后一段路就轻松多了。至于矮子先生，他只要用膝盖顶住他的摄像机就行。费迪和丁奇对于野炊的兴趣，显然远大于炸弹是否能安全捞出水面这件事，所以他们兴冲冲地帮麦克康柏先生烤汉堡，而其他人则帮着在碎石机旁的狭窄通道上架设电视设备。史基摩中士把吉普车开到正下方的草丛里,拉好扩音器和麦克风的两条线,这样我们坐在通道上就可以跟马其上校直接讲话。我们还没把所有设备都架好,就看到数艘巡逻艇和陆军的大型平底船已经开到通往湖中央的半路上,正直直朝着半岛前进。船上显然载运了所有的疏浚装备。

我们比前一天更兴奋,因为在感觉上,我们这次也是打捞作业的一分子。大家七手八脚地赶紧把设备都接好,这时才发现,我们其实应了陆军中流传已久的一句老话:"做得太快,就得等。"除了盯着湖面痴痴等待,津津有味地咬汉堡、吸啜汽水之外,我们什么事也没得做,只能望着大批船只航向半岛附近定位。丁奇一次只能带着两份汉堡爬上梯子,后来史基摩中士从吉普车里拿出一顶头盔,用普通绳子绑住头盔的下巴束带,就可以拿它当作升降机,用它一次可以拉起六到八份汉堡。

"中士,做得好! 真是太棒了! "麦克康柏先生说,"你怎么想到这个点子的? "

"用我的头顶想啊! "中士说道。

麦克康柏先生又开始捧腹大笑:"中士,你知道吗? 我参加第二次世界大战的时候,最好用的东西就是亲爱的老钢锅,你可以用它炖一大锅菜、洗澡、当椅子坐,或在按兵不动时用来种花种草呢。"

"对呀对呀! 我听说过喔。"中士说。

"哎呀,你才不知道真正的情况呢。"麦克康柏先生说,"你知道吗? 有时候,我们每天的供水配额只有半壶水,于是我们把水倒进老钢锅,而第一件事就是先刷牙,然后刮胡子,这之后再洗手洗脚。

而你知道最后剩下的水要拿来干什么吗？"

"干吗？"丁奇问，他的眼睛睁得像银币一样大。

"我们用那些水煮咖啡！"麦克康柏先生一说完又开始放声大笑，那模样真是够夸张的。

"老麦，你的打仗的故事说够了吧。"简金斯先生朝着下面大吼，"你最好赶快上来啦，史波基现在得准备跟上校联系了。"

麦克康柏先生费力地爬上梯子，而他的庞大身躯轰隆一声落在电视监视器旁边时，整座梯子猛烈晃动了一下。湖面上的船只已经定位了，而矮子也让摄像机瞄准了巡逻艇的甲板，他估计马其上校将会在那儿出现。随后他把画面放大，拍摄上校在甲板后方与克拉默少校讲话的情形。史基摩中士呼叫船舷上的无线电操作员，跟他说我们已经准备就绪。"远距控制小组已定位，联系已建立，长官。"无线电操作员说。马其上校转过身来，朝我们这儿挥挥手，坐在通道上的人莫不振臂欢呼。这时仿佛有一股电流，沿着我的脊椎朝下方倏地流过，我觉得兴奋极了。我们就像是在电视机旁一边观看美式足球转播，一边跟四分卫直接通话，告诉他该如何进攻一样。

接下来又是一阵漫长的苦等。最后终于看到马其上校走到驾驶室，无线电开始沙沙作响。马其上校想跟亨利通话。

"我只是想让你们知道，我们已经全部准备妥当，即将开始灌注气体了。"上校说，"我们已经派潜水员到下面去了，也把橡皮管安放在洞穴里了，马上就知道能不能把它运出来。"

"谢谢你，长官。"亨利说道。于是我们全都坐下来耐心观看。

接下来又是一阵漫长的等待……就像前一天一样，只不过今天我们对整件事情比较有参与感。大家一会儿大惊小怪，一会儿又坐立不安，偶尔还简短讨论目前的情况，不过眼睛始终盯住监视器不放。大约过了一小时之后，我们又看到两位潜水员翻过船边跳下水去。我们猜想他们一定在洞穴里灌足了空气，把水全部挤了出来。不过无线电并未传来任何音讯。

　　"也许我们该呼叫上校。"荷马说。

　　"很抱歉！"史基摩中士说，"上校非常清楚地交代我：'不要呼叫我……我自然会跟你联络。'"

　　就在这时，上校呼叫我们了。

　　"各位先生，"他说，"我不知道出了什么问题，总之没有任何的进展。"

　　"你的意思是说，没办法把水逼出洞穴吗？"亨利问道。

　　"没错，"上校说，"我不了解这是怎么回事。我们有一阵子能够维持压力，可是没过多久又失败了。亨利，说不定这方法行不通呢。"

　　"应该行得通！一定能行得通啊！"亨利非常坚持。

　　"很抱歉，亨利。显然有什么地方不太对吧？我们已经派潜水员下去，他们会检查橡皮管是否有破漏之处。"

　　亨利沉思了一会儿。"我不懂，"最后他说，"有没有气泡浮到水面来呢？"

　　"我相信是没有。至少我没有看到。"

　　"如果能够维持一定的气压，你应该能看到几个很大的气泡，而如果是橡皮管漏气，就应该会看到一连串的气泡冒出来才对。我真是搞不懂。"

"我也不懂，"上校说，"不过我会注意看看。"

又是一阵长长的等待，上校跟克拉默少校则是在不断地讨论。随后有两个潜水员浮出水面，他们全部聚在一起说着，只看到他们又是点头又是摇头地讲个不停。最后上校又回到无线电旁边。

"让我跟亨利讲话。"

亨利没有回答，我们全都望着亨利。他站在通道末端，背靠着碎石机，双眼凝视着前方的大树。我们叫他回到麦克风这儿来。

"是我，长官。"他说。

"亨利，我们不晓得哪里出了错。潜水员说，橡皮管并没有漏气。我担心这个方法根本不管用。"

"它一定行得通！"亨利重复说道。

"嗯……我们会再试一次，亨利。不过现在已经超过 4 点了，而我不希望打捞作业持续到天色变暗的时候。"

"别担心，"亨利说，"别担心啦！我得先做一件事。"

"亨利，什么意思啊？"上校问道。

不过亨利已经走开，我们全都吃惊地望着他，他正用力地扭绞双手，猛力踢着碎石机的侧壁。麦克康柏先生走到他身边，轻柔地拍拍他的肩膀。

"我这句话不想说得太好笑，亨利……不过就现在的情况看来，你吹的牛皮似乎已经爆炸了噢。"

亨利转过身来，用古怪的表情看着他。

"你知道吗，麦克康柏先生……你说得可能一点都没错！"

然后他转身看着简金斯先生，双眼流露出恳求的眼神："简金斯先生，可以请你立刻载我到州立大学去吗？我必须以最快的速度到那里去。"

"嗯……当然好啊，亨利。不过到底发生了什么事呢？你不想留下来等他们再试一次看看吗？说不定下次的运气会比较好呢。"

"不可能的。"亨利说，"我们只有一次机会，所以一定得好好把握才行。时间越来越紧迫了！拜托你载我到大学去吧！"

"就听你的，亨利！"简金斯先生耸耸肩说道。

于是他和亨利匆匆忙忙冲下小山丘，跑到我们停放旅行车那里去。

绝地大反攻

我真希望能陪亨利到州立大学去,不过他跟简金斯先生一溜烟就跑掉了,其他人连问问他们为什么要去都没机会。因此,我在这里只能提供简金斯先生的说法给大家参考。

州立大学的校址大约只有二十五公里远,因此当他们两人到达时,我们说不定还没从矿场收拾妥当打道回府呢。他们直奔伊果·多地层博士的办公室。多地层博士是世界知名的地质学家,喔,你大概从没听过他的名号,那么我先做点背景介绍吧。是这样的,大多数的历史学家及地质学家都主张亚特兰提斯大陆早已沉入大海之中,但是多地层博士提出相反的论点,他认为亚特兰提斯大陆一直都位于原来的地方,反倒是世界上的其他大陆在它四周往上升高,到了最后,它便完全被水域覆没了。其他科学家不断挑战多地层博士的论点,大家都要求他以现今的状况提出证明,但他总是这样回应:"先证明你们的论点如何? 你们先把亚特兰提斯大陆找出来给我看，我再让你们瞧瞧什么是'挤满笨蛋的象牙塔'！"他一向是媒体的宠儿，不时便会大放厥词如同上述那般，相比之下其他科学家便显得有点呆拙。

言归正传。多地层教授不在他的办公室，他还在大学的礼堂为一门课的两个学生讲课，于是亨利和简金斯先生便到那儿等他下课。亨利当然不愿打断授课的进行，但是撑了半小时之后，时间已经是傍晚5点多了，他忍不住开始挥舞双手，企图吸引教授的注意力。教授只有一只眼睛是好的，他在罗马尼亚的动荡时期失去了一只眼睛，这便是他决定来美国的原因；而也正因如此，有些学生给他起了个"独眼龙"的绰号。他伸手调调镜片看清楚些，然后便笑着朝亨利招手，比个手势要亨利和简金斯先生在教室里找个位子坐下。接下来又过了十五分钟，终于有个学生蹑手蹑脚地爬下座位，沿着弯曲的走道蹦蹦跳跳地冲上去，看起来像是急着要上厕所的样子。教授突然间拿起他正在授课的笔记，啪的一声将它摔在讲台上。

"就这样啦，偶（我）在星期二会继续讲这堂课。"他的课终于结束了。然后他走下讲台，张开双臂迎向亨利。

"恩（亨）利，偶的好朋友！有什么指教吗？"

简金斯先生注意到，教授的口音在平常谈话的时候不太明显，不像讲课时那么难懂。

"多地层教授，你一定要帮帮我们！"亨利说，"这件事太重要了，是关于炸弹的事！"

"恩利，什么炸弹呢？"

"原子弹啊……就是空军弄丢的那个。"

"噢!他们弄丢一个?那很好。那真是很有趣。"

简金斯先生不敢相信自己的耳朵:"教授,你该不会完全没听说这回事吧。你不看报吗?"

"报?什么报?噢,你是说报纸啊!不看啊,偶从来不看那种东西,看了心情会很不好啦,而且每件事都会越来越糟糕。在偶的国家,偶们是这样说的:'没有消息就是好消息。'所以呢,那个政府每个星期都会印出一张报纸……啊,它就是一大张空白的纸,上面写着'今天没有新闻'几个大字。如果你想看的话,是可以买一张啦,不过几乎没有人要买。那个政府发现,这样整个社会就比较安定啦。"教授突然放声大笑,还痛快地拍打"恩利"的背呢。于是,"恩利"向他说明整个炸弹事件的来龙去脉,包括我们如何发现炸弹,空军为何无法把它弄出洞穴,整个镇又是如何担心放射线的问题,还有湖水要抽干等等每件事情。

"噢,是这样啊!"教授说,"难怪这个星期来上课的学生这么少,大概就是这个原因吧。你知道吗,简金斯先生,平常上课的人数比较多啦,通常有五到六个吧。"

"说真的,教授,我很需要你的帮忙。"亨利向他解释,"你对草莓湖附近的岩石组成与地层了如指掌,对你来说就像是自己的手背一样,而我们正需要找出……"

"恩利!"教授打断他的话,"麻烦你把两只手放到背后去。"

亨利照做。

"现在告诉偶,恩利,你的两只手的手背分别长什么样子啊?"

"我……我不太知道耶，"亨利结结巴巴地说，"我没办法说清楚。"

"完全正确！"教授说，"恩利，偶跟你说过好多次，科学必须非常精确，偶们必须确切知道每句话的所有含义才行，所以别再用那种笨方法说话了。如果偶说，偶对那个区域的了解程度，就跟偶对自己祖母的了解是一样的，那还比较接近事实……不过这种说法还是很蠢啦。"

简金斯先生走到礼堂的阴暗角落里，用帽子不断扇风。他不禁纳闷儿，亨利到底要叫那个教授干吗？等他再度走回可以听到他们说话的范围，教授正陷入沉思，一会儿弹弹下巴的胡髭，一会儿点点头。

"恩利，那实在非常有趣！非常非常有趣！就是这样啦！现在偶们必须搞清楚空气到哪里去了，对吧？"

"是的，老师！而且我们动作要快一点！"

"科学有它自己的步调啊，恩利。"教授说道，"不过，就像你们这个国家说的，偶们要试试布加勒斯特学院的方法，好吗？"

"好的！"亨利说。

"首先，偶们先到偶的实验室去，事先想好应该要带哪些地质图表去。然后偶们再到你的实验室去，先研究你跟偶说的那张路线计划图，好吗？"

"好的！"亨利说，"不过，我希望你别称呼它为实验室啦。"

"没关系啦！等偶看过它之后，才能确切知道到底是不是。偶们得来个精确的调查，好吗？"

"好的！"亨利说。

"好的！"简金斯先生也跟着附和，"不过，我们得赶快行动了，我还得发稿呢，而可怜的马其上校……"

"耶，对喔！"教授说，"偶差点忘了。你得跟大家说明，到底发生了什么问题……对吧？"

"差不多是这样啦。"简金斯先生咕哝道。

"好的！"教授说，"好的！偶们走吧！"然后他带头走出礼堂。

去教授实验室的路上，亨利为简金斯先生做了些补充说明，让他了解草莓湖里出了什么问题。

"你知道的，"亨利说，"他们没办法维持洞穴里的气体压力，而上校也说水面没有一点气泡浮上来，我知道一定是某个环节大有问题才会这样。照理说应该不会发生这种事，可是确实发生了。气体必定是从另外一个通路跑到洞穴外面去了，所以气压才没办法维持住。因此最大的问题是，要如何找到那个通路。你听得懂吗？"

"噢！当然！"简金斯先生说。

"我听过一种说法，湖底洞穴最初的形成，有时候是由水底冒出来的泉水造成的。你可以想像一下，水柱不断喷出来，逐渐把湖底的沉积物质侵蚀掉，就变成现在这种洞穴啦。"

"对呀！对呀！"

"所以呢，我很自然就想到多地层教授了。为了他开设的地质课教学，这附近地区进行了很多年的挖掘工作，因此建立了最完整的基础地质剖面图，随便什么地点都可以在他那儿查到很详细的数据喔。"

"那当然！那当然！"

"所以呢，如果非找到漏气的地方不可，教授是唯一可以解决问题的人。其实机会十分渺茫，不过这是我们唯一的办法了。"

"机会渺茫，好吧。"简金斯先生说，"咦？即使你找出漏气的地方……那接下来要怎么办呢？"

"我也不知道。"亨利说，"我会想想办法啦。"

"我敢保证你一定有办法！"简金斯先生说道，然后他高兴得大声狂笑，"这样好了……假如最后证明是湖底某个地方有洞，那你干脆把费迪塞进去，然后不停地喂他吃香蕉，一直喂到不再漏气为止！"

那天晚上真是有趣极了，我们俱乐部从来没这么好玩过。多地层教授带来一大堆超级巨大的图表和地图，他和亨利一直趴在地上，拿着光标尺和放大镜在图上不知道找些什么东西，那些名称我们连念都念不出来。我们其他人则帮忙把图表摊平在地板上，或者等教授找过某张图之后，再帮他把大图卷起来。

"要找含水层喔，恩利。那种地层标成蓝色。"他说，"啊！对啦，你说那个洞有多深啊？"

"大约十五米深。"亨利说。

"偶们来看看！那会是……那会是……偶来看看……偶们需要最近一万年来的集水区图表。噢！天哪！天哪！偶忘了带集水区的图表！"

那天晚上，简金斯先生开车载教授回大学去拿忘记带来的东西，足足跑了四趟。而麦克康柏先生好几次跑到镇中心去买冷饮和点心，杰夫的妈妈则忙着冲泡可可和咖啡。我们俱乐部基地简直像是摆着自动售货机的场地，真是一片混乱啊！

多地层教授有个很好笑的习惯，如果有人转过头来跟他说话，他会惊得团团转，两只眼睛瞪得老大，单眼镜片便从左眼掉下来，而他总是在镜片掉落地板前一刻用鞋尖托住它，动作简直像全自动机器人一般熟练。有一次，麦克康柏先生轻敲他的肩膀，想端一杯咖啡给他，结果他的镜片一不小心就掉到杯子里去了。

"啊，教授，真是抱歉！我有点笨手笨脚。"麦克康柏先生说。

"没有关系啦。"教授说，他把手指头伸进热腾腾的咖啡里，将镜片捞出来，"咖啡是很好的清洁剂呢。如果你们不相信，试试看倒些咖啡在厨房的地板上，你就会明白啦。哎哟！好烫！如果镜片掉到地上就惨了，新镜片实在很难买到耶，上回偶打破一个镜片，结果新镜片花了八个月的时间才从伦敦运到这里来！"

那天晚上差不多就是这样啦。亨利和教授不停地来回寻找，从图表找到地图，又回头翻开图表继续找。亨利先前不是在工程地图上标示了许多记号吗？于是他们两人便将搜寻的结果跟那些记号做比对。教授提出一个理论，他认为附近应该有一道古老而干涸的含水层，早先流动的水就由这道地层注入洞穴内，因此灌入洞穴的气体可能便由这道含水层逸散出去。因此，今晚的工作重点便是找出与洞穴形成时间相仿的集水区，然后在教授的图表上看看可能性最大的古老含水层到底是哪一道。如今，这道地层的终点可能位于草莓湖四周的山丘上，因此他们必须进行各种比对，找出地层可能露出地表的位置。教授向我们解释，对一般人来说，这种含水层似乎没什么了不起，不过它可是地下水流动的通道，而地层的终点便是地下水初次流出地表或喷出地面的地方。虽然大家都非常疲惫，不过没有人抱怨。教授终于站起身来时，有些人已经先回家睡觉了。教授在工程地图上画了一个红圈，位置在草莓湖的东北方。

"偶想，那个地方的可能性最大，恩利。"他说，"不过，明天早上偶们必须到那里实地调查一番。"

亨利把游标尺的尺尖放进教授画的红圈里。"我知道，那里有个大型的采石场，就位于那座小丘的山坡上。"他说，"我们先从那里找起好了。"

"喔，那里的可能性很大喔。"教授说，"人们开挖了一个大洞，破坏了天然的集水区，而这可能就是地层干掉的原因啦。"

"这样啊，那么如果明天早上要去实地勘查，就应该到那上面去看看。"亨利说。

"好主意！"教授说，"恩利，干脆你自己去好了！"

"我自己去？教授你不去吗？我很需要听你的意见耶。"

"偶想，偶该去睡个觉了，恩利。晚安！"教授从墙上抓下一个旧马鞍，用来撑住他的头，而他一走出去，几乎就开始打起鼾来。然而他既没张开眼睛，也没停下鼾声，伸手便把左眼窝的单眼镜片取下来，让它滑入外套胸口的口袋里。

天方破晓，几乎所有人都回到俱乐部，麦克康柏先生也买了咖啡和热巧克力来，这样我们就不必叫醒杰夫的妈妈了。麦克康柏先生说他迟到了一会儿，还向我们道歉呢。

"我连续找了三家晚上不打烊的咖啡店，可是没人要帮我做一份鲔鱼花生酱三明治给费迪吃。"他说。

接下来的三个小时，我们在草莓湖东北方的山麓丘陵上四处勘查，帮亨利和教授确认昨天晚上在图表上搜寻的确切位置。教授仔细观察眼前的景象，他斜眼盯着测量经纬仪的目镜，衣摆随着晨风飞扬，两根手指夹住单眼镜片垂放身后，而头上斜斜戴了顶软毡帽，模样甚是俏皮。等亨利在确切的位置放好瞄准杆后，他就会说："噢，这样啊！"然后他会在本子上做个记录，再顺顺那上了蜡的八字胡；每回他倾身观看经纬仪，胡子就会变得乱七八糟。

"恩利！"教授终于说，"偶想，就是这里，绝对没问题啦。注入洞穴里的水就来自这上面的采石场，而且这是唯一的地方啦。"

"唯一的地方？"亨利问道。

"唯一的地方！"教授复述了一次，"我愿意拿我的专业声望来打赌！"

"哇塞！太棒了。"亨利说，"这样一来，事情就简单多了。"

"没错！就是这样！"杰夫说，"所以，亨利，我们现在要做什么呢？我们到上面去看看吧，或许可以找到一个洞口，或者是洞穴之类的东西。"

"假如真的找到呢？"麦克康柏先生问，"你要拿那个洞怎么办呢？你又能做些什么呢？亨利，我实在搞不懂下一步到底要怎么办？"

"此刻完全无计可施。"亨利说，"眼前就是要赶紧到空军基地去，向马其上校报告这件事！现在是早上8点，所剩的时间已经不多了。"

大家爬上山丘，遇到比较陡的地方，杰夫和莫泰蒙用力把多地层教授推上去，而麦克康柏先生气喘吁吁地跟在后面，只有费迪一直跟他做伴。等我们终于抵达采石场的边缘时,教授不禁张开双臂大声呼喊:"看哪,恩利!这真是太壮观、太不可思议了!偶早跟你说过吧!"

我们全都看得目瞪口呆,毫无疑问,这真是太不可思议了!采石场周围侧壁全都布满了孔洞、裂缝、洞窟,而岩石表面还有各式各样清楚可见的横向裂缝!

"这真是太壮观了!实在太壮观了!"教授一次又一次说道,"就附近来说,这里是重要的集水点哩。多亏有那些干粗活的采石者,这个景象才得以展现在偶眼前哪。这是一个重大的发现,偶应该到这里来好好记录一番。啊,恩利,偶真该谢谢你,让偶发现这里呢!多地层教授未来好多年都要到这里来上课!"

我们全都看着亨利,这回他的脸差不多要钻到地底下去了。"这下可好了,教授。"他忍不住发牢骚,"到底哪个洞会通到炸弹那个洞穴呢?我们怎样把它找出来呢?"

"那就留给你来伤脑筋啦,恩利。"教授说,"偶已经帮你找到地方了,偶只能帮学生做到这个地步,而学生到底从偶这里学到多少,就要看你们自己了!现在呢,偶要请求各位的谅解,偶必须回办公室去准备下礼拜的课啦!"

于是教授迈开步伐走下山,往火鸡山路那边越走越远了。

"你最好跟他下去,"亨利对简金斯先生说,"开车载他回大学去。"

"可是你怎么办,亨利?你打算怎么做呢?"

"不晓得哪个孔会通到炸弹所在的洞穴,我得赶紧想想办法啊!"

"亨利,你疯了吗?"杰夫说,"你怎么可能找得到啊?"

"我是有个点子啦,"亨利说,"如果马其上校跟我们合作,或许他们可以在今天之内把炸弹捞出来。"

"如果今天捞不出来,马其上校就完蛋了。"麦克康柏先生说,"亨利,你打算怎么做?"

"如果你能带我去找马其上校,我就把整个计划告诉你。"亨利说。

"好吧,跟我来!"麦克康柏先生嘀咕道。于是他带头跟在多地层教授的后面,迅速地冲到山丘下面去了。

简金斯先生放我们在空军基地下车,然后他送教授回大学去。这回要进入基地就没有任何困难了,麦克康柏先生从大门口的岗亭打电话给马其上校,没多久就来了一辆吉普车,护送我们到上校的办公室去。坐在上校办公室外面的中尉拉长了脸,看起来闷闷不乐的样子,不过他还是很有礼貌地起身欢迎我们。

"上校今天早上心情不太好,"他说,"他已经跟华盛顿方面足足通了一小时的电话。如果你们要跟他讲任何坏消息,我看还是写信告诉他好了。"

"真希望我们带来的是好消息,"麦克康柏先生说,"其实还不知道算不算呢。"

中尉又仔细看了他一眼——那眼神仿佛认为麦克康柏先生是个笨蛋——然后便带领我们进入上校的办公室。马其上校看起来既疲惫又忧虑,我觉得心里非常过意不去,不过当他示意要我们坐下时,脸上还是勉强挤出了一点笑容。等我们坐下之后,陆军工兵的克拉默少校也走进房间。

"我邀请克拉默少校加入我们的讨论，"上校向我们说明，"因为我猜想，亨利八成又有什么稀奇古怪的点子要叫我们听听。请开始吧，亨利，反正我整个早上从华盛顿听来一大堆愚蠢透顶的点子，你说的任何想法都不会比他们更蠢啦。"

于是亨利开始解释他的气体逸出洞穴理论，还说我们几乎整个晚上都与多地层教授一起工作，目的是要找出与此相关的地下水层，而从前的流水便是经由这道地层流入炸弹所在的洞穴中。亨利还描述了坑坑洞洞的采石场侧壁，说那看起来真像是一块瑞士奶酪，令人瞠目结舌。亨利说话的时候，麦克康柏先生不停地点头，嘴里也不断附和，证实亨利所说的每一件事。

"我得承认，这个想法十分大胆，说不定成功的机会只有千分之一，"亨利说，"不过，我们总得试试看。假使我们真能在采石场的侧壁找到某个孔洞，证实它的确通往湖里的洞穴……说不定用石头或灰浆把洞给堵起来，就可以维持住气体压力了。"

马其上校坐在办公桌旁，用双手支着头。"你怎么可能知道要塞住哪个孔啊？"他问道。

"这就是我们需要您帮忙的地方了。"亨利说。

"你要我帮什么忙呢……叫一堆人爬进所有的洞里，然后看他们从哪里爬出来吗？"

"不是，"亨利说，"不过，比那样还要简单噢。"于是他转身看着克拉默少校，问道："长官，请问您有化学烟幕产生器吗？"

克拉默少校以困惑的神情望着马其上校。"嗯，"他说，"很不巧，长毛象瀑布镇没有此类设备。"

马其上校突然抬起头来。他的双眼中闪现一丝光芒，于是他站起身。"从这里出发，要到多远的地方才能找到烟幕产生器？"他几乎是指着克拉默少校大声狂吼。

少校顾不得自己的形象，狼狈地由椅子上爬起来，以立正姿势站好。"我可以从阿伯丁找到一台，而如果以飞机载运，大约要花二到三小时的时间。"少校回答。

"当然有飞机可以载！"上校说，"你快点打电话！"于是他从桌上拿起电话，把它交给少校。

"亨利！我想我知道你打的是什么主意了，真是个高明的想法！我们该把化学烟幕打进洞穴里，看看是否会从采石场侧壁的某个洞口冒出来，对吧？"

"或者从洞穴和采石场之间的任何地方冒出来。"亨利说，"我想，当你灌气体进去时，最好能派几架直升机在附近上空盘旋。当然也应该派一组人在采石场待命，只要一有烟雾冒出来，就赶紧把孔洞堵起来。根据多地层教授的判断，那里是可能性最大的地方。"

马其上校对着桌上的对讲机说话。"立刻把艾波顿少校和康宁汉上尉叫进来！"他跟中尉说。然后他对克拉默少校说："叫阿伯丁送两台烟幕产生器过来，只有一台，万一出故障就惨了，我们绝不能浪费一点时间。注意烟幕一定要足够，气体从另一端钻出来之前，不知道要灌多少气体进去才够。"

"请确认一下，他们送过来的烟幕绝对不能溶于水，"亨利补充说道，"那很重要喔。喔！还有，颜色最好是亮橘色，比较容易看见。"

"哇，亨利，你想得真周到呢！"上校说。

"我常常跟其他人这样说啊。"丁奇说道。

麦克康柏先生站起身说："上校,现在我最好把这些小孩带走。你有一大堆事要忙,还要下一大堆的指令吧。我先祝你一切成功,顺利把炸弹弄出来,这不只是为了镇上的所有居民好,同样也是为了你好。相信我,我知道你会做得很好啦。"然后他走上前跟上校握握手。

"谢谢你,麦克康柏先生。"上校说,"我有预感,这次你有报道可以写了。如果有什么地方帮得上忙,不要客气,请尽管告诉我吧。"

"上校你不必担心我们啦。我会一直跟这些孩子在一起,因为这可是我的独家大新闻呢。我应该问您才对,在整个过程中,是否有什么地方需要我帮忙呢?"

"报道事实就好。"上校说,然后他把手伸进口袋里,拿了几个铜板丢给麦克康柏先生,"帮我多买一些香蕉给那个胖小子吃,让他一整天都塞得饱饱的。"

"我想这点钱是绝对不够的啦,"麦克康柏先生说,"不够的钱,我就帮你出吧。"

从那时开始,事情的进展就相当顺利了。我们离开基地回到俱乐部,而史基摩中士马上就开着吉普车出现了。

"上校吩咐我,要我整天都跟你们在一起。"他说,"他已经派一些人到采石场去了,而卡森堡也会派遣一小队陆军山区作战部队飞到这里来。他们在中午之前就会到达。"

简金斯先生也回来了,我们七嘴八舌地把事情的原委全部告诉他。

"哇,亨利,听起来是个很棒的计划呢!"他说,"不过这下我可伤脑筋了。我想到山上拍摄烟雾从采石场侧壁冒出来的镜头……可是我又想从碎石机那里拍摄打捞作业的画面。我得赶快找另一个摄影小组来帮忙!"

杰夫带简金斯先生到家里,让他打电话给克林顿镇的"我看电视台"。简金斯先生说他们不仅愿意出借摄影小组,还打算租下一架直升机,派遣摄影小组飞到空中盘旋一整天。

"那样没有太多好处啦。"杰夫说,"我猜想,当空军打捞炸弹时,他们绝不会允许任何人飞越湖面上空。而且我敢打赌,他们不会让任何飞机进入方圆八公里的范围之内。"

"那是当然了!"史基摩中士说,"这个礼拜以来,那里一直是空中管制区域。"

"我知道啦,"简金斯先生说,"可是我如果不建议他们这样做,他们就不会出借摄影小组给我了。"

"亨利,那我们现在要做什么呢?"麦克康柏先生说。

"我想,我们只要放轻松,等着欣赏这场表演就好了。"亨利说,"我也不知道接下来还要做什么,现在全看空军表演了。不过,如果没等到橘色气体从采石场的孔洞里冒出来,我可能也没办法完全松一口气吧。"

"我也是啊!"杰夫说,"大家出发吧。假如你的想法确实可行,而且他们也把孔洞堵起来了,我们还有足够的时间爬到锌矿场上面,到那儿去观看整个打捞过程。"

"嘿，等一下！"简金斯先生说，"我的旅行车一旦塞满装备，就没办法爬到锌矿场上面去了。你得帮忙才行。"

"没问题！"杰夫说，"我跟你一起去，干脆也开吉普车载发电机上去。那么大家出发吧，或许我还可以及时赶回采石场。"

"你大概还有两个小时的时间，"史基摩中士跟他说，"他们预计那两台烟幕产生器要到中午左右才会到达。"

到了中午，杰夫和简金斯先生到达采石场与我们会合，而矮子摄影师则留在碎石机那边，丁奇也在那里跟他做伴，帮他把摄影器材架设妥当。他们说，打捞作业小组早在十点半就展开行动，而他们下山时看到一艘船刚刚离开码头，码头旁边则停了一辆大型的空军卡车。他们猜想，那艘船可能载了两台烟幕产生器，驶向陆军的平底船。

"哇塞！"荷马大声叫道，"说不定马上就有好戏上场了！"

他说得没错。不知道为什么，这句话似乎传遍了整个镇上，人们都知道采石场上面有事要发生了。我们看到一小群人奋力爬上山丘，翻越了采石场的边缘。他们问附近的空军士兵是否知道发生了什么事，而面对这种情形，几乎所有的士兵都对他们说："哎呀，先生！这可难倒我了！如果你知道，麻烦告诉我，如何？"

没过多久，就连斯桂格镇长和查理·布朗也奋力爬上山丘，后面还跟着几位镇议会议员；他们似乎知道发生了什么事，因为他们没有问任何问题。啊，那是当然了，我们知道马其上校在镇政府设了一名联络官，那人的任务就是把空军的行动内容告知镇长。

史基摩中士那辆吉普车的无线电开始劈啪作响，中士赶紧跑过去。原来是马其上校要我们知道，烟幕产生器已经抵达现场了，一旦工程人员将它与压缩机接好，并且测试几次，准备妥当之后，他们便立刻开始将烟幕打入洞穴中。根据上校的估计，他们应该在1点以前展开行动。听到这个消息，我们全都像瓶塞崩掉一样忍不住低声欢呼，还高兴地又蹦又跳；待在采石场边缘附近的人们无不望向我们这儿，有些人还晃到这里来。

驻守在采石场的其他空军士兵，同一时间也通过指挥通讯网得到这个消息，而我们听到其中有个人拿着无线电手机，将消息传达给派驻在采石场底部的人员。一堆人挤在他身旁，想听他到底说些什么，逼得他只好命令大家向后退，免得人群把他推到边缘外面去。很快陆军山区作战部队开始进行准备工作，他们把摊在地上的装备全都检查一番。这时候，突然有一架大型的货运直升机飞抵上空，而地面有个区域已经事先将矮树丛和石头清除干净，上面铺设的尼龙软垫被漆成国际通用的橘色，直升机便降落在这里。整个地方好像突然苏醒过来一样，你甚至可以感觉到空气中充满兴奋之情。

我同时还感觉到有其他的事情。是莫泰蒙，他拍拍我的肩膀，胡乱指着采石场东边的树林。在树林间一条狭窄的小径上，竟然出现了多地层教授的身影，他仍是穿得整整齐齐，戴着黑色的软毡帽，拿着手杖，而他身后四散着五颜六色的一群学生，很多人穿着你可以想像到的各式礼服……不过还是有少数人没穿成那样。教授带领学生走到采石场边缘的右侧，他用手杖挥了挥，指出大家可以落座的地方，而这时他才恍然发现，原来他们并不是这个地方唯一的一群人！他把单眼镜片从眼窝取下来，吃惊地用手捂着嘴巴，环视周遭聚集在谷地里的各式人群。然后他转过头跟学生说话。

"你们看！这个地方已经很出名了喔！"他不禁大吼，"总有一天，你们会回到这儿，然后会发现这里已被命名为'多地层采石场'！"于是他开始讲解采石场侧壁露出的地质特色，完全无视围绕在他身边的一堆人。

没过多久，无线电又劈啪响起，是马其上校要告诉我们，他们已经开始灌注气体了。我感觉到心脏狂跳、怦怦作响，而我猜其他人也都跟我一样。大家全都本能地移动到采石场边缘凝视全景，希望眼睛能够同时注意全部的孔洞。我们很快就发现这种想法实在蠢毙了，因此改成每两个人一组，分别坐在谷地边缘的不同位置，这样才能集中注意力观察采石场的南壁及西壁。我和亨利刚好分在同一组，而我随身带了一只双筒望远镜，于是两人轮流用它仔细观察。

空军士兵也在采石场底部和边缘的各个地方耐心检查，采取的方式跟我们大同小异，不过他们还要做许多事。有三组人马沿着采石场边缘巡逻，手上拎着以长绳系住的烟雾探测器，将它垂放进采石场进行探测。而在底部还有另外三组人员，他们手里的长竿镶有探测器，可以用来探测采石场的侧壁。

时间一分一秒蜗牛爬似的前行，情况依旧，我的心脏怦怦跳个不停。空军士兵依旧沿着采石场的边缘及底部来回走动，他们拿着烟雾探测器扫过每个孔洞，每一个伸手可测的洞都不放过。那些对整个情况一无所知、跑来一探究竟的好奇民众，则是把眼光从一个

洞移到另一个洞，尽可能地快速扫描而过，深怕遗漏了任何一场好戏。而多地层教授则在继续讲课，他说话的时候，手杖戳着地面凹处嘟嘟作响。

指挥通讯设备吱吱嘎嘎响了好几次，原来是某艘巡逻艇上的军官想知道，这里是否已经看到烟雾的踪迹，而负责通讯的中士每次都回以否定的答案。

突然间，采石场底部有个空军士兵开始喊叫："我这里有读数，中士！我这里有读数！"

所有人的目光一齐转向采石场的西南角，有个空军士兵站在那儿，他手里的烟雾探测器放在一个尖凸状洞口之外，就在侧壁上方约六米高处。

"你确定吗？"中士站在边缘高处向下叫道，"好好检查一下！哈里森也到那里去！看看你是否也有同样的读数！我什么也没看到啊！"

另一个空军士兵跟跟跄跄地绕过一块岩石，正打算把他的探测器移到同一个洞口，不过还没等他冲过去，就看到一股淡黄色的气体从洞口冒了出来。它慢慢地变浓，颜色变深，最后变得完全不需怀疑了，亮橘色的烟雾仿佛鬼影一般，沿着采石场的侧壁缭绕而上！

山谷边缘响起一阵惊人的欢呼声，声音甚至在侧壁间不断回荡。这时候烟雾原本的模样已逐渐消失，缭绕曲折的烟影转变成厚实而不断翻腾的雾云，并且朝着四面八方扩散出去。多地层教授在欢呼声中快乐地团团转，他一只手拿着单眼镜片，另一只手则举着

手杖,天空衬托着他那双臂高举的剪影。等到欢呼声逐渐平息后,他在静默中大声喊道:

"我发现火山了!我发现火山了!"

这时无线电又劈啪响起,史基摩中士和负责指挥步兵的中士同时喊道:"切掉烟幕!切掉烟幕!我们找到了!我们找到了!"

我和亨利互相拥抱,又蹦又跳,我们也看到斯桂格镇长和查理·布朗在采石场的另一头彼此握手,他们也和其他的镇议员握手庆贺。即使是对整个情况摸不着头绪的人,似乎都感受到有重大的事情发生了。

我们及时跑回史基摩中士的无线电旁,刚好听见马其上校说:"请转告亚当斯中士,我们还不会切掉烟幕,直到你们能够确定烟雾没有从其他孔洞冒出来为止。我们已经没有时间了,绝对不能犯任何错误。"

史基摩中士对着亚当斯中士大吼,其实亚当斯中士已由指挥通讯网得到同样的信息了,因此他也扯着嗓子吼道:"好啦!好啦!我们会仔细检查啦!"

我们全都站在坑口边缘,死盯着冒出烟雾的洞口,那烟雾继续翻腾而出。毫无疑问,烟雾只从那唯一的地方冒出来。

"好极了!"消息回报给马其上校时,他这样说道,"这样工作起来就比较简单了。我们即将切掉烟幕。也请你们把坑洞堵起来,然后再告诉我们何时开始灌注空气。现在动作快一点!我们可没有一整天可以摸鱼啊!"

"收到了,长官!"史基摩中士回答。我们也听见亚当斯中士开

始狂吼,他下了一连串的命令:"好啦! 各位弟兄! 翻过侧壁! 把脚手架吊好! 开始动手! 好,继续! 中士,快一点! 命令第一架直升机赶快过来,在旁边待命! "

整个现场生气勃勃,许多人跑来跑去,而山区作战部队开始沿侧壁安装爪钩和吊绳。有个看起来很像画架的东西向下垂吊至洞口处,随后有两个人攀着绳子下降;采石场边缘的人员用绳子垂吊一些水桶到底部,而底部的其他人则忙着收集石头,装进桶里。他们在很短的时间内就完成了这些工作。没过多久,我们就听见大型直升机那有规律的轰隆声,而当它一出现在树梢上方,马上就有两名空军士兵引导它轻轻松松降落在预定目标上。直升机里搬出一桶桶刚刚混合好的预拌水泥,工作人员立刻将它们搬到采石场的边缘,然后沿着侧壁向下垂降。脚手架上的两个人忙个不停,他们拼命将石头塞进裂孔里,然后在四周填塞湿湿的水泥。

没过多久,孔洞就填起来了,从外面看就像是一面平滑的水泥壁。然后那两个人又塞了各种小小尖尖的东西到水泥里面,并在上面钩了许多金属丝。

"那是在干吗? "我问亨利。

"我猜测,"亨利说,"那些东西是感应器,其中有些是湿度感应器,有些则是温度计,借此他们才能知道水泥到底干了没有。而且我敢打赌,他们也放了一些张力计在里面;如果没放,他们最好要放一些进去,因为一旦开始对湖里的洞穴加压,他们必须知道那个水泥栓是否能够承受压力。"

等到水泥补丁一完工,就不需要再把工作人员吊在侧壁上了,除非有人想要随时观察补丁是否失去作用。因此,我们一起下山回到火鸡山路上。除了空军士兵,刚才待在山上的其他人也都跟着下山了。多地层教授仍在山上讲课,他对所有人都已离开的情形完全无动于衷,也无视烟雾早已不再从采石场的侧壁冒出来。

"嗯,亨利,"我们小心地走下山坡时,麦克康柏先生说,"此刻我们再度接近真理了。我们马上就会知道教科书是否正确,对吧?"

亨利的脸有点儿红:"真希望那是唯一可以让空气漏出去的地方。从这里到湖边有好几架直升机正在监视吧,我们还没有收到它们的回报呢。"

结果马上就收到了。几乎就在我们抵达吉普车的同时,马其上校就用无线电呼叫。他跟我们说,他们等到水泥的强度够大时,就开始打气进去,而结果令人十分满意,根据工程人员的估计,大概再灌个一小时就够了。

于是我们先等麦克康柏先生在布里斯托旅馆把报道发出去,而简金斯先生也将他拍好的片子送去克林顿镇了,然后我们立刻出发,开始前往旧锌矿场碎石机处的第三次行程。那个地方开始有点像我们的第二个家了。

"我真希望这是我最后一次爬到上面来。"麦克康柏先生嘀咕道,他费了九牛二虎之力,才把庞大的身躯拖到通道的阶梯顶端,"你们知道吗?我忘记带汉堡来了。"

所有人笑成一团,只有费迪笑不出来,他从衬衫里拉出一根香蕉,故意在我们面前用很夸张的动作咬了一大口。

"费迪,有没有什么东西是你不喜欢吃的啊?"简金斯先生

问他。

"当然有！"费迪说，"医生说，我的饮食里面应该多补充一点铁质，可是我没办法咬那种东西啊！"

麦克康柏先生笑得太过剧烈，竟然瘫在通道上爬不起来，我们只好扶他站起来，把他拖到电视监视器旁边坐下。

正如上校的预测，打气的程序恰于 2 点 30 分展开，而我们全都坐在碎石机上，眼睛死黏住监视器不放。为了亨利的名誉，我们全都紧握双手、十指交扣，祈祷采石场的水泥千万要挺住啊。这次的打气过程进行得比较慢，而马其上校也由无线电向我们解释原因——他们要慢慢增加气压，而且一次次暂停下来，等待采石场小组由无线电回报最新的张力计读数。我们继续看着屏幕，也继续等待。

最后，巡逻艇的甲板上终于出现一阵小小的骚动，而马其上校走过去跟克拉默少校握手，还拍拍他的背。然后他转身跑进控制室。

"亨利！"他的声音从我们身旁的扩音器中传来，"我也应该跟你握握手呀！我们认为压力应该足够了，马上就会派潜水员潜到洞穴里去。亨利，握紧双手好好祈祷吧！"

"这不需要他来提醒吧，"莫泰蒙尖声说道，"我的指关节都已经用力到发白啦！"

我曾经试着在水里屏住呼吸，而印象中的最佳记录是十分钟。不过，那天下午我刷新了自己的记录，因为潜水员进入洞穴再浮出水面所花的时间，绝对比十分钟要长许多。而等他们浮出水面，巡逻艇的甲板上显然陷入了一片欢腾之中。当上校的声音由无线电传来时，我们几乎都知道他会说些什么了，不过大家还是十指紧握，一直等到亲耳听见为止。

"亨利，我们成功了！"他几乎扯着嗓子嘶吼，"噢……应该说是你成功了……潜水员说洞穴里面已经没有水了，而我们已经着手进行下一步工作。继续祈祷吧！"

"我不行了！我不行了！"莫泰蒙尖声叫道，"我已经精神崩溃了！"

其余的工作大概花了三个小时。我们盯着巡逻艇的甲板、平底船的甲板、空无一物的水面……实在无聊透顶，因此只能想像水底下方十五米的地方可能发生什么事。不过，最伟大的时刻终将来临。随着马其上校一点一点地报告进展，我们热切注视着水面上的动静，最后终于出现一个再明显不过的涡流了。接下来，便看到两个救生筏托住一个条板箱，突然间冒出水面，载浮载沉了好几秒。

看到这个情景，我们立刻兴奋地跳起来，不断地尖叫、狂吼、嘶喊，还又蹦又跳，就连麦克康柏先生也稍稍提起脚跟，高兴地直拍手。至于碎石机的老旧通道怎么承受得住，我实在也搞不清楚。每个人都狠狠拍打亨利的背，害得他膝盖都站不直了。而后无线电又吱嘎作响。

"亨利！我们成功了！"上校大吼大叫，"就从现在开始，湖面上可以尽情航行，你们也可以回家了。亨利，我可要好好地谢谢你，不过我现在没有时间呢。可以邀请你们诸位到空军基地来找我吗？明天中午如何？"

亨利很难回答这种问题,而莫泰蒙则是脱口说出:"没问题,长官!"然后他对着电视屏幕,突然间啪的一声做了个干净利落的立正敬礼姿势。

我们帮矮子把所有的器材搬下碎石机,再运回镇上去。街头巷尾早已挤满了人群,显然大家都知道炸弹已经捞出来了。空军方面想必会以卡车将炸弹从码头运回空军基地,于是大家都想争睹卡车的风采。当然,他们的确看到卡车了,不过车上根本就没有炸弹,而我们也是后来才听说的。马其上校并不是故意戏弄大家,只不过像他那么聪明的人,才不会拖着一颗原子弹穿越小镇的闹区呢。他把炸弹放在陆军工兵的平底船上,把它载运到草莓湖的东北角,有辆卡车等在那里,负责载运这个"核装置"回到空军基地;先前炸弹在起大雾那天掉进水里时,我、杰夫和哈蒙就是从东北角这个地点登上湖岸的。而原本运送烟幕产生器到码头的那辆卡车,便在同一时间开着空车,以缓慢的速度游行经过镇上,旁边还有两辆空军宪兵的吉普车护送它回到空军基地。沿路围观的镇民莫不兴奋地欢呼叫好。

这时候,我们都感觉累坏了,大家只想赶紧回家睡一大觉。我想得起来的下一件事,就是我妈妈又用厨房的长柄刷猛戳我的背。

"你这个懒鬼,起床了!你会害我来不及上教堂啦!"

"哦啊啊……几点……妈,几点现在?"

"你是问现在几点吗?"

"哦啊啊……我不……哦啊啊……不知道啦……"

"你连问个问题都没办法好好问耶!喂,谁都会以为你跟棉被结了婚啦，瞧你抱棉被抱成那副德性。快点起来啦，去用冷水洗洗脸！"

"哦，妈！"

我浑身软绵绵的，根本爬不起来，不过倒是可以滚下床，结果就摔到地上去了。

"你难道不能用更好的方法起床吗？"我妈妈说，她又用长柄刷猛力乱戳，"简金斯先生刚刚打电话来，他会在 11 点 45 分到我们家，顺便载你去西港空军基地。"

"天哪！"我大叫一声跳起来，"妈，现在几点了？"

"11 点 45 分。"她回答，然后便走出房间。

其实还没到啦，那时候是 11 点 15 分，所以我还有时间抚平一头乱发，然后穿上最好的衣服。简金斯先生抵达时，后面还跟了一辆空军的轿车，车上只坐了一半的人，于是我爬进空军轿车，坐在座位上，终于不必再像平常那样，只能躺在那辆旅行车后座的地板上了。

我们直奔马其上校的办公室。他先花了 15 分钟感谢我们所有人给他的协助，而聊起这个礼拜发生的趣事时，他还忍不住开了几个玩笑。

"好戏终于演完了。"他说，"像欧克白先生的西瓜，还有女士游行那些事，我总算可以置之一笑。镇民努力要把他们的想法传达给我们，而他们的招数实在很厉害呢。现在呢，请各位先生跟着我来，我们还有一些正经事要处理。"

他带头走出办公室。总部大楼前面的路边停了一排车，我们神

气活现地坐上车,前面还有摩托车开路喔。最后,车队在一栋建筑物前面停下来,房子的门上有个招牌写着"西港空军基地军官高级食堂"。

"他们应该把这种招牌拿下来,"丁奇说,"怎么会有人在礼堂里吃饭啊?"

"你真是个超级大笨蛋!"费迪说,"食堂是指大家一起吃饭的地方啦。"

"一般人不是在桌上吃饭吗?他们为什么跟一般人不一样呢?"

"噢,我的天哪!"费迪紧握拳头说道,"嘿,你知道吗?我猜他们要把我们喂得饱饱的喔!"

这句话还不够精确。有人迎接我们进入一个巨大的餐厅,里头摆了许多宴会用的长桌,而且大约有二百个人已经入席了。马其上校带我们坐上主桌,这时候餐厅里的所有人全都起立鼓掌。我已经满脸通红,而且恨不得立刻钻到地板下面去,而我们其他的人一定都跟我一样。那把梦境里的达摩克利斯之剑又回来找我了,于是我下意识地用双手护住身体,生怕裤子不知何时又会掉下来。马其上校简短致辞,表示欢迎大家的莅临,并向大家解释,这场午宴是为了庆祝炸弹的打捞作业顺利完成,同时也要向长毛象瀑布镇的"疯狂科学家"致以最高的敬意……我们这伙人的脸又全部变成亮红色,我只能死盯着地上不敢抬头。然后他请大家开始享用餐点,于是大批服务生一拥而上,端上来的东西从热汤到牙签什么都有。当然啦,烤牛肉是绝对不会缺席的,还有多得不得了的贾斯帕·欧克白牌西瓜,我看到费迪正在狼吞虎咽吃个不停,而我却连一口都吞不下。

斯桂格镇长和镇议会的全体议员也都在场，甚至连霍金斯众议员、爱比嘉·拉瑞毕，以及我们在镇上见过的许多记者和摄影师也都获邀参加。有一位胸膛上饰有二十多厘米长缓带的空军将领坐在马其上校旁边，而主桌上还坐了几位看起来很重要的人物，后来经过介绍才知道他们是来自华盛顿的官员。马其上校说，空军次长也派了他的助手代表出席。

等大家都把自己喂饱了，一段段演说于焉展开；当然啦，演说词也是长得不得了，上台的每个人都极力陈述自己对于所有重要事件的独特观点，而他们不停地互相恭维与赞美，几乎让人把先前所有不愉快的事情都抛到九霄云外去了。我好想去上厕所，而且憋到脚指头弯得发疼，可是我不敢离开座位，咬紧牙关憋得满头大汗。丁奇的方法倒是挺不错，他干脆趴在桌上睡他的大头觉，而根本没人注意到他。

最后，马其上校终于向大家介绍将军。将军起身宣读了一封信，他刚刚把这封信寄给空军的"勋章暨荣誉颁授委员会"，内容是推荐"疯狂科学俱乐部"全体（七位）成员获颁"绩优服务奖章"，表彰我们对于炸弹定位及打捞作业的大力协助。他同时说，他有十足的信心，相信这项奖章一定可以获准颁发。于是所有人又起身鼓掌欢呼，好几个人还高喊："讲点话吧！讲点话吧！"我们几个人面面相觑，大家同时都用拇指示意亨利的方向。亨利终于站起身来，他红着脸，结结巴巴地撑了一会儿，最后勉强挤出两句话："谢谢大家！希望大家用餐愉快。"说完他坐下来，而所有人再度向他鼓掌。

　　随后,大家簇拥着我们走出门外,而亨利更获邀与马其上校和将军一同搭车。那辆车绝对是历史上最炫的吉普车,它的轮子和保险杠都镀了铬,上面画了三颗银色的星星,而挡泥板上还插了两支蓝色的旗子,旗子上面也有三颗白色的星星。大家簇拥着我们走向一辆空军的平底货车,整辆车插满了蓝色与黄色的旗帜,车身两边还悬挂着巨大的标语,上面写着:"长毛象瀑布镇,我们爱你! 这里是我们的家园!"接下来,我只记得自己突然置身在游行队伍中。我们坐在货车中央凸起的平台上,周围环绕着空军仪仗队,他们走着正步上身笔挺。车子慢慢开进镇上,而一路上还有各式交通工具和乐队加入我们的行列。长毛象瀑布镇从未有过这般阵势……而大家也从没见过,几乎所有人都加入游行队伍之中,只有少数三四个人跑到人行道上观看这番情景。喔,还有一群小狗。反正那天真是有趣极了,我们高兴得欢呼鬼叫,而狗狗也对着路过的每样东西狂追乱吠一通,我们还拿花生丢那些小狗哩。

　　等到游行结束,麦克康柏先生请简金斯先生载他到克林顿镇外的郡立机场,以便赶上飞往纽约的班机,于是我们也跟着到机场去为他送行。一路上大家愉快地聊天,彼此交换对这礼拜发生的所有事件的看法和笑料。当我们走到机场的旅客通道时,麦克康柏先生的眼泪几乎要夺眶而出了。我们每个人都跟他握手道别,这时费迪拍拍简金斯先生的肩膀。

　　"嘿,简金斯先生,等一下回去的时候,我们可以在派森先生的农场稍作停留吗?"

　　"嗯,我想应该可以吧。费迪,你要干吗?"

"这个嘛,他通常在星期天下午杀鸡拔毛,拿到市场上去卖,所以我想去他那里看看,说不定可以帮我妈妈要到一些鸡头。"

"鸡头?!"麦克康柏先生倒抽了一口气,然后他又把头埋进双手间嗷嗷大叫,"费迪!我知道我不应该问啦……不过,你到底要拿鸡头干吗啊?"

"你从来没听过鸡汤面吗?"费迪说,他睁大眼睛满腹狐疑地看着麦克康柏先生。

麦克康柏先生闭上眼睛,用力咬断他嘴里的雪茄。然后他触探简金斯先生的手并摇摇它。

"杰克!"他说,"记得提醒我,永远都不要再回到这里来,可以吗?"

然后他提起袋子,无精打采地走向他要搭乘的飞机,身影消失在入口那一端的黑暗之中。